管簫二重奏

禪意畫情

管管、蕭蕭——文、圖

【蕭蕭的台灣小調】

序曲　吹蘆管吹

亞當夏娃來電話呀，請問莊周先生「啃蘋果的幾種可能」的代誌，莊周說這代誌可大條最佳去問跟我觀魚爽是無爽的惠施老瘋癲。不過這粒金「蘋果的澀與色」是「機不可失」、「千載難逢」的機緣，你倆萬萬莫學「小葉欖仁的懶人哲學」要學「年少一定要清狂嗎」？你們只是「縮小八百億倍的奈米」不要「用豬的思想羊的胃」來搞代誌，「何處不是大學問」？「人在台北不一定識得杜鵑」怎莫怎？台灣高山杜鵑是侏儸紀化石？「何處不是大學問」？「誰是悟者」，「不入虎山，焉得虎子」，不入伊甸之東怎知「蘋果的澀與色」？這粒金「蘋果的澀與色」是會讓你倆「溫柔地摳著你最嫩的肌膚」，蘋果的肌膚，亞當夏娃的肌膚，只羨鴛鴦不羨仙的肌膚，伊甸園是廣寒宮，冷清！不要丟「蘋果的澀與色」的種籽，「種籽也有發芽的夢」呀，這事夏娃最清楚，種籽會「突然彈出生命的影像」自夏娃的紅唇；那是人類的二祖。啊！吃著「蘋果的澀與色」，坐在「含羞樹下」，坐在「花是芬芳在大地的詩」上，在「幾度夕陽紅」裡，念天地之悠悠，「又見一炊煙」裊裊，自「黃山歸來」，誓不作「巷閭間的聖賢」，不作「擬人的花草植物」，要作黃山下的頑石，青埂峰下的頑石，「鼓山下的頑石」，聽道生說法頑石點頭的頑石。

蘇州虎丘那一群頑石，自晉朝點頭至今一千年，真是「千載難逢」、「機不可失」呀。我想到金閣寺那顆長滿一身綠苔的頑石啞然不動。也想起那寺院裡口乾舌爛滿臉皺紋的枯石頭。石頭有情嗎？人終於成為頑石。吃著青蘋果。

胡序管見。

管管的山東新腔

南泉斬貓

了不「了生死」！

早也蕭蕭晚也蕭蕭

八指頭陀的詩

廬山煙雨浙江潮

老僧半間雲半間

儺戲圖

但細烘茶淨洗盞滾燒湯

虛堂雨滴聲

寂寞古池青蛙跳進

念念「散亂」

德山挾複子

黃巢過後劍

滿船空載月明歸

六不收

空手把鋤頭

便請一刀兩斷

東門西門南門北門

青蠅為弔客黃犬寄家書

狗子也有佛性

你點的是哪個心

沏幾壺禪茶給您吃

磨磚做鏡

寸絲不掛

滿船空載月明歸

抄　詩

再泡幾杯禪詩吃

布袋有個布袋

空山無人水流花開

懶殘運巨石

空山無人水流花開

落花如雨亂愁多的曼殊

南泉斬貓

東西兩堂的和尚為了一隻貓在爭，池州南泉寺南泉普願禪師抓起這隻貓說：

「你們說對就不斬。」

結果是南泉普願把貓兒一刀兩斷，落得乾淨。

後來趙州回到南泉寺，南泉給趙州說起斬貓這件事，當然他是要測測趙州之面臨萬丈懸崖。

這趙州從諗當下把草鞋頂在頭上一語不發走了出去。

南泉看了，南泉說：

「如果當時你在場，這隻貓兒不會死。」

斬貓之事若在法院一定不會有法官舉刀就斬。可這是在「寺院」，若南泉不斬就不配做南泉，不只是當機立斷，這「斬法」對禪子們有大妙用也。

這斬貓之事跟護生也超過一般想法向上一路看了。

每人都有刀，但斬自己的「貪嗔癡」很難，那就拿你的錦囊慧劍來吧。

早也蕭蕭晚也蕭蕭

關秋芙種的芭蕉秋來葉大如門，風雨喧噪，伊夫君蔣坦就戲題斷句於蕉葉上：

是誰多事種芭蕉，早也蕭蕭，晚也蕭蕭。

到了明天，見蕉葉上有續書數行：

是君心緒太無聊，種了芭蕉，又怨芭蕉。

秋芙突覺著了蔣坦道兒，正想拭去，可蔣坦已立在蕉前，秋芙只好以笑顏相迎，蔣坦也只好微笑相接，都不能言語，一言出口，就悔悔悔了，兩人都篤信佛。

多說一句，是蔣坦試妻，而秋芙靈心秀骨，一時情癡著了夫君的道兒，正想拭去呢，卻遇上棒子蔣坦，倒也可用人間恩愛撒嬌語說：「不是秋芙寫的。」

芭蕉本自「朝也蕭蕭，晚也蕭蕭。」可也又干卿何事，可也又不干了卿何事？

想起了「風動」「幡動」惠能大師碰見的妙事，如果猜的對，這小倆口子可不也是「心動」？跟芭蕉跟蕭蕭有啥親戚？胡說了。

廬山煙雨浙江潮

「廬山的煙雨」，唐代慧遠老禪師曾經說「日頭照著香爐峯生出紫煙」，「屏風九疊雲錦張」的名句。

錢塘江每年八月大潮，那絕對是跟南亞大海嘯有異曲同工之處，有驚濤裂岸捲起千堆雪威震江湖之霸氣。

蘇東坡這川娃聽到看不到也吃不到蘇東坡嘴饞愛吃東坡肉這廬山煙雨浙江潮就寫了一首詩，詩曰：

廬山煙雨浙江潮。未到千般恨不消。
到得還來無別事。廬山煙雨浙江潮。

《五燈會元》書內有青原惟信禪師幾句話可以給東坡這首詩敲幾聲磬，是：

老僧卅年前未參禪時，見山是山，見水是水；
及至後來，親見知識，有個入處，見山不是山，見水不是水；
而今得個休歇處，依前見山只是山，見水只是水。

大眾，這三般見解是同是別：

第一是「我見青山多嫵媚，青山見吾應如是」相看兩不厭，獨對敬亭山了。是梁鴻孟光了。你吾對坐。

第二呢，是「煙銷日出不見人，欸乃一聲山水綠」，山與水都在綠中了，你吾不分。

第三是你儂吾儂忒煞情多，和一把泥，做泥娃兩個，你泥中有吾，吾泥中有子昂哥哥，我的祖姑管夫人是情種也。

這也許是你中有吾吾中有你，是你也是你吾，是吾也是吾你吧。自在解脫，「不一亦不異」，這真是雙胞胎呀。

「欲窮千里目，更上一層樓。」眼前只上到一百零一層？眼界尚不到九重天。

老僧半間雲半間

《五燈會元》有志芝庵主一首詩：

千峯頂上一間屋，
老僧半間雲半間，
昨夜雲隨風雨去，
到頭不似老僧閒。

南朝齊、梁年代，山中宰相陶弘景（為道家留下不少粧點門面文字的人物），他有一首傲慢而溫馨答梁武帝的詩：

山中何所有？
嶺上有白雲，
只可自怡悅，
不堪持贈君。

志芝老和尚，十分慈悲，他把他的茅棚讓給白雲或紫雲住，雲族皆是好動兒出出進進沒個安靜處，老和尚想收點房錢也收不到，緣是催不到手了，這些流浪漢倒也知趣，只是進出不言不語，多嘴是風這潑婦。

雲們不分日夜工作，老和尚得意覺得悠閒，猜想他也許想隨白雲去遨遊一番，可是袈裟太重的緣故，只好玩閒了。

至於給梁武帝打交道伴君如伴虎，雖然梁武帝是佛子，南朝四百八十寺呀，到頭來他餓死雞鳴寺附近台城。所以陶弘景穩坐山中宰相不去淌這混水是很白雲的；明星白雲當年紅遍上海，最後自殺日月潭，臭皮囊丟的不美麗，白雲下雨也是「丟」難道就一定美麗。

但細烘茶淨洗盞滾燒湯

元朝有個明本和尚，浙人，姓孫，十五歲出家，四十六歲住江蘇平江幻住庵，五十七歲天目山住持師子院，十五歲時參於師子院原妙，世稱中峰和尚，他寫了〈行香子〉幾首，挺有意思：

短短橫牆，矮矮疏窗，
一方兒小小池塘，
高低疊嶂，曲水邊旁，
也有些風有些月，有些香。
日用家常，竹几藤床，
盡眼前水色山光，

客來無酒，清話何妨，
但細烘茶淨洗盞，滾燒湯。

這跟老農何疑？出家人難道不可為農，農者樸拙味古。

另一帖：

閬苑瀛洲，金穀瓊樓，算不如茅舍清幽，
野花綉地，莫也風流，
卻也宜春也宜夏，也宜秋。
酒熟堪蒭，客至須留，更無榮無辱無憂，
退閒是好，著什來由，
但倦時眠渴時飲，醉時謳。

倦了就眠，渴了就喝，酒，僧不飲，除非濟顛，若是濟顛還敢沾肉，這只是妄言。

還有一帖：

木竹之居，我愛吾廬，石鄰鄰亂砌階除。
軒窗隨意，小巧規模，卻也清幽，也瀟灑，也安舒。
閒散無拘，此等向何如，倚欄杆臨水觀魚。
風華雪月，贏得工夫，好炷些香，畫些圖，讀些書。

再加上鼓一點琴，那麼飲點茶，畫一點圖，讀一點書，燒一點香，飲一點酒，餓一點肚，煮一點芋。這不是擊壤歌出來的人嗎？四千多歲了。

若無琴可鼓盆，若無香可灸艾，若無茶可沏菊。若無芋，百丈說「一日不作一日不食」，想起弘一大師在湛山寺撿小蘿蔔！那時我是童子了了。

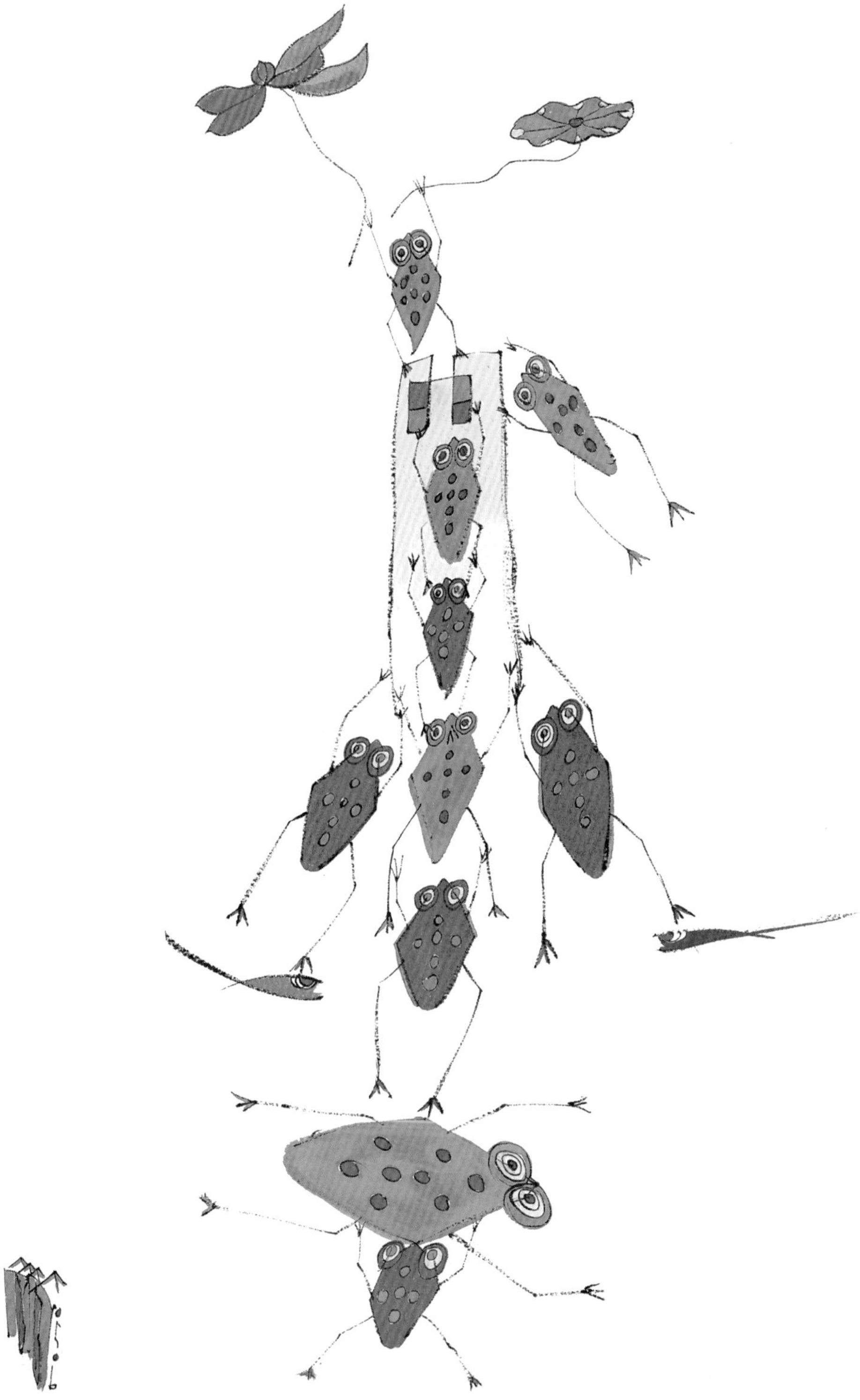

寂寞古池青蛙跳進

松尾芭蕉生於伊賀，日本名俳句家。

寂古池塘，青蛙飛於水中，潑辣一聲響。

萬籟俱寂，一聲驚啼，活了。

古池塘是萬古長空。青蛙潑辣那一聲是「一朝風月」吳經熊博士如是說是肺腑言也。

吳氏也是潑刺一聲響。

住大湳，偶爾月夜至宵裡一野池塘惹青蛙潑辣潑辣跳下池塘，再靜坐聽蛙鳴，至群蛙大鼓，我會長喝一聲遁去。竊喜野性尚未死寂。

春天月夜一聲蛙，撞破乾坤共一家。

所以不要吃田雞肉嘛，如果家家都能聽到蛙鳴在夜晚，不會失眠，那是一個瓜棚粗茶閒話桑麻之境。

人離田園越遠，人就越心中沒有青蛙。

芭蕉名句甚多，如：（芭蕉比香蕉好吃，酸甜也。）

黃鸝聲聲唱
剛在楊柳後
忽在竹林前

又：

群燕低昂
銜泥落在杯裡。

誰會不喜歡這些俳句？不喜詩，自家就非詩，一個人身上無詩，俗矣，但可以有蝨，有蝨可捫也。不俗寺廟沒香火，世間本俗，俗不可耐，就俗出俗來了。

念念「散亂」

歐陽文忠，歐陽修，當年他在洛陽當官，有一天遊嵩山，不許僕吏跟著，一個人幹。隨意信步漫遊。這個在沙上練書法的文學家，〈秋聲賦〉〈醉翁亭記〉，不知當年「畫荻教子」的小歐陽畫去了多少荻才畫出這樣一位文學書法奇才。不過小歐陽的小手不會好過是真的，感謝天下望子成龍的母親，不成龍成鐵也沒啥關係，別成廢鐵就成。

話說老修信步走進一山寺，滿寺青竹霜清鳥啼，老修就坐寺旁休息，見一老僧在旁閱經自得，不喜答話，老修就問他住山多久了，對曰很久了。問他讀啥經，說是《法華經》。老修又請教古時候高僧們在生死當口大多是笑著圓寂是什麼祕方？老僧說是：「定慧力也。」老修說近世怎麼聽不到了呢？老僧笑著說：「古之人念念在定慧。臨終安得亂？今之人念念在散亂，臨終安得定？」

歐陽聽罷大喜不自覺的腿曲要下跪了。

這「散亂」二字得來容易丟去不易。不知老修丟掉多少？是丟了散呢還是亂。古往今來費盡心血，也只得到一個「亂」字。「亂針刺繡倒也亂出好文章，等閒費了繡工夫，鴛鴦兩字怎生書。還是鴛鴦好。」

滿船空載月明歸

大宋朝有個船子和尚德誠禪師，他老人家，其實他不老，但也不年輕，年輕禪師得道的不多，可也不少，「洞庭波送一僧來」的八指頭陀敬安大師寄禪老人，湘人，清末出家衡山。一日見桃花飄零飛紅滿溪，恍然有悟，乃於佛前燃去二指，遂自號八指頭陀。

如果李後主有八指頭陀悟性。他的名句：

落花流水春去也，天上人間。

好句千古，可他還是「倉皇辭廟日，揮淚對宮娥」，在匡胤腳下吃受氣飯至被毒死。含恨的小周后。梁武帝南朝四百八十寺，最後餓死。

八指的詩，風神獨特：

幽人夜不眠，受此碧虛月。
涼風一颯然。吹動梧桐葉。
垂釣板橋東。雪壓蓑衣冷。
江寒水不流。魚嚼梅花影。

再說船子禪師，他隱姓埋名，駕著一葉小舟在水上，隨緣度日，等待傳人。他作一首偈子說：

千尺絲綸直下垂，一波未動萬波隨。
夜靜水寒魚不食，滿船空載月明歸。

他釣的不是魚，是清明自性，「本來面目」，這首偈子被人傳誦是：

滿船空載月明歸

江水青山天地萬物為伴，心無掛礙，身外無物，與天地萬物為友，擔心他船破身寒肚空。管閒事多了。

他可以去集上賣他滿船月亮。

空手把鋤頭

梁武帝請傅大士傅翕講《金剛經》，這傅大士在座上揮案一下，便下座了。梁武帝愕然，寶誌問陛下：「還會嗎？」帝說：「不會。」寶誌說：「大士講經完。」

達摩與義烏雙林大士傅翕皆梁武帝時代人，是禪宗初祖。不立文字語言，是傅大士最早提出的。這四人都懂印度語。或達摩已習華語？管見是若不知印語豈不對牛彈《金剛經》說了白說揮一下桌案下臺去這是高深莫測，當然也許達摩不是這樣的，可這不著一字盡得風流，高啊高得驚人。所以傅大士就會寫出放在當下你也不懂他寫的是什麼，但覺得好玩，念念不忘是「超現實的詩」是「比現實更現實的詩」：

空手把鋤頭，步行騎水牛。

人從橋上走，橋流水不流。

這是手中出雲，腳下生泉，用眼吃飯的事，在詩是可能的，詩是可以移花接木，頑石點頭的，那麼這「空手把鋤頭」豈不也是魚從天上過，船自頭上行。是打破一切，再活現成。我只喜歡傅大士這千古絕唱，《金剛經》講的精彩絕倫。悟與不悟，冷暖自知。悟不悟都要遠行。

春天月夜一聲蛙，撞破乾坤共一家。

便請一刀兩斷

大宋朝有一個性空妙普和尚。賊要殺他，他給賊說：「給俺一碗飯吃，吃飽了送終免做餓死鬼？」吃罷了送終飯，妙普向賊頭索筆要寫祭文（這賊類似宋江識幾個字），祭文是：

「嗚呼，維大宋朝……」

「坦然歸去付春風，」（真巧硬在春天死，看完了桃花再走嘛）

「體似虛空終不壞。」（臭皮囊一定壞，騙人！）

後來又寫出：（祭文不易長，拖時間怕死！）

「卻數遭離亂（正逢五代殘害，刀光劍影發瘋），俺是快活烈漢，如今正好乘時（那年頭生如淩遲），便請一刀兩斷。」

看官一刀兩斷比活活切肉下酒痛快，那年月是人吃人肉，易子而食的。賊眾見他來風蕭蕭易水寒這一套，遇到行家了，英雄識英雄，毛賊遇見不怕死，放了吧，妙普謝過便走，騙來一命？

大宋紹興年間（是拿著杭州當汴州拿著北京當南京的南宋），妙普妙和尚，做了一個大木盆，寫信給雪竇持禪師說：「俺要水葬了不想活了。」過了兩年，持禪師見他還沒葬，就寫偈子嘲弄他簡直丟出家人的袈裟嘛。持禪師說道：「去不索性去，只管向人說。」持禪師絕情呀，老妙怕死呀。太上無情，太下不及情，情之所鍾斷在吾輩，誰怕死；死生是小事，生管不著，死管不了。

妙普說：「就等你持禪座來當監死人啦。」真有他的，於是佈告四眾鄉親，設壇說法，最後結論是偈子一首曰：

坐脫立亡，不若水葬，一省柴燒，二省開壙。

撒手便行，不妨快暢，誰是知音，船子和尚。

唐代船子德誠有名句：「夜靜水寒魚不食，滿船空載月明歸」，上兩句「千尺絲綸直下垂，一波未動萬波隨」船子垂綸之溪極可能是嚴子陵釣台，這台至水面千尺，是考據癖的事了。周汝昌氏之輩，周說脂硯齋是雪芹老婆。

船子就「入水而逝」，非水遁。妙普的駐錫地也是華亭（上海附近），松江鱸魚最美。所以妙普也學船子，這有點當名不讓。老妙說偈完。

盤坐盆中，順流而下，信眾隨至海濱，望欲斷眼睛。

這戲沒完，他又坐著大盆回來了。等大家看到，他開腔唱起來：

船子當年返故鄉，沒蹤跡處妙難量；
真風遍寄知音者，鐵笛橫吹作散場。

「笛聲嗚咽，頃於蒼茫間，見以笛擲空而沒。」

禪宗大師很多，我非常喜愛老妙他把「去」「死」玩得妙不可言，以玩笑手段，把立脫坐亡，全化為無有。

妙普盆中一聲笛，撞破乾坤笑哈哈。

青蠅為弔客黃犬寄家書

靈澈，唐貞元間會稽人，姓湯字澄源，雲門寺出家，從嚴維學為詩，後至吳興與僧皎然遊，皎然薦之包佶李紓，名振當朝，緇流嫉，造謠傷權貴，貶去汀州，後歸越，元和十一年終于宣州。汀州、宣州、越州。靈徹與劉禹錫、柳宗元友善，是詩僧，青蠅黃犬就是他之手筆，唐代人玩出這種詩中畫的意象難得。

歸湖南作：

山邊水邊待月明，暫向人間借路行。
如今還向山邊去，只有湖水無路行。

好個暫向人間借路行，路生來是人走的，陌路有知，當謝靈澈腳印。使人想起詩人商禽

〈透支的足印〉那首詩，商禽收了好多箱足印，也許。

天姥岑望天台山：

天臺眾峯處，華頂當寒空。有時半不見，崔嵬在雲中。

山無雲伴，赤裸難看，穿上雲衣，才算神仙。

給遠公墓的詩：

古墓石稜稜，寒雲晚景凝。空悲虎溪月，不見雁門僧。

遠公送陶潛只顧說嘴，過了虎溪，這故事把廬山升高了幾千丈，惹來東坡寫出〈廬山煙雨浙江潮〉禪味可口名詩，「虎溪三笑圖」也給畫家浪費了不少紙墨。

寫簡寂觀：

古松古柏岩壁間，猿攀鶴巢古枝折。

五月有霜六月寒，時見山翁來取雪。

寒山該來住，沒有冰箱的該來住，熱中名利者該來住，門可羅雀人更應來住。
東林寺送韋丹刺史：

年老心閒無外事，麻衣草座亦容身。
相逢盡道休官好，林下何曾見一人。

到老才說「林下何曾見一人。」走去林下容易，餓了就吃松枝，早晚也要死去。賺飯實在費事。修行小事？餓了吃，睏了睡。可餓是大事餓了睡不著。有本事辟穀去。

你點的是哪個心

德山宣鑑，年少為僧，精通《金剛經》，他對即心即佛這檔子事不服氣，他放言說：「千劫學佛威儀，萬劫學佛細行，然後才能成佛，南方魔子，竟說即心即佛，實實大逆不道。」說罷戰表，他挑著他的《青龍疏抄》（解《金剛經》用的）出蜀入湘，在澧州地方遇上一個賣油餅的老太婆，老宣放下挑子，要買點心吃，老宣遭到了偷襲，進了華容道遇上了關老爺。

那老太婆問他用湖南話：「你挑的是啥子東西？」

德山用四川話回答：「格老子是金剛疏抄。」

老太太開腔了：「我有一問，答得來，免費吃餅，答不出請回西蜀，聽清楚，《金剛經》說：『過去心不可得，現在心不可得，未來心不可得』，你大和尚是點的哪門子心？」

德山突然變啞，大汗淋漓。

老太太心狠嘴辣（愛吃辣椒之故），挑起擔子就飛身而去丟下一句：「你還是去請教禪宗大師吧。」這是老宣第一個開蒙師老太太。

德山在龍潭禪師處開悟。他在大堂上把自己的大著當眾燒掉。並口吐真言說：「窮諸玄辯，若一毫置於太虛，竭世樞機，似一滴投於巨壑。」沒啥好說，教外別傳不立文字。

「過去心不可得」之前還有「如來說諸心皆為非心，是名為心。」這是指眾生「妄心」，所「點」之「心」，實無一物可「點」，即「無心可得，也無法可執」，一切皆空。老太有意不提上文，把德山問啞了「諸心非心」，現在、過去、未來、三世之心不可得，得不到。

磨磚做鏡

磨銅可以作鏡。磨磚成鏡必是銅磚。

且說馬祖道一，他是四川成都人，十二歲做了和尚，接著來到南嶽，去學坐禪，懷讓正是南嶽般若寺住持，看出馬祖是可造的法器，便去問馬祖：

「請問你學坐禪是為了那般！」

馬祖回答說：

「要成佛。」

於是懷讓就拿了一塊磚頭在馬祖座前磨，馬祖好奇便問懷讓：

「請問你大和尚磨磚作什麼？」

懷讓笑著回答：

「俺磨磚做鏡子。」

馬祖一聽不禁驚異得以為他遇到奇人了。

「磨磚怎麼可能作鏡子？」

懷讓就等馬祖這一問，磨磚都磨得滿頭大汗，磚灰滿臉。

「是呀磨磚不能成鏡？閣下坐禪也成不了佛！」坐久了生痔是常事。

馬祖就問：

「那怎樣才能成佛？」

懷讓說：

「這像牛拉車，車不走，是打車，還是打牛？」

馬祖無言，懷讓接著說：

「你學坐禪，禪並不在坐臥，學坐佛，佛並沒有一定形相。諸法無住，諸法無相，坐禪成佛，違背了『無住』『無相』，求法不應有執著取捨，如果執著坐佛坐相，就扼殺了佛，就悟不了大道！」

如六祖慧能所言：「究竟是無所得亦無所證，豈況坐耶！」坐久就起不來，還有痔瘡伺候？

寸絲不掛

春有百花秋有月，夏有涼風冬有雪，若無閒事掛心頭，便是人間好時節。

余生來笨拙，我覺得前詩是我最受用的一首詩，只是「閒事」未淨，好時節並沒盡嘗。我想「日日是好日」但不及格。要眠就睡，要坐就坐，熱即取涼，寒即向火。吃飯拉屎，莫非是道也。

「懸崖撒手」。「絕後再蘇」。「大死一番，再活現成」。看人帶不帶種。如三島由紀夫之切腹。好死不如賴活，天下太平吧。

寒雲將殘春日到，無索泥牛皆脖跳，築著崑崙鼻孔頭，抓到須彌成糞掃，牧童兒，鞭折了，懶吹無孔笛，拍手呱呱叫，歸去來兮歸去來，煙霞嘴裏和衣倒。

（長慶應圓禪師歌）

長慶這天不怕地不怕的孫猴子，自在呀逍遙呀，死生乃常事，別天天掛在嘴邊，惹了清淨！

是呀：「今天塵盡光生，照破山河萬朵。」

有一妙齡尼問師父說：「如何是密密意？」師父以手掐她，尼說：「和尚猶有這個在。」老和尚說：「卻是你有這個在。」因是師父，換了旁人，則有心無心有意無意，全在悟中。

有位淨居尼玄機，去參拜雪峰禪師，雪峰問：「何處來？」尼回：「大日山來。」峰曰：「日出了沒有？」尼曰：「若出則融了雪峰。」峰曰：「你名啥？」曰：「玄機。」峰曰：「日織多少？」曰：「寸絲不掛。」遂禮拜退出，才走了三五步，峰召之曰：「袈裟一角拖地。」尼回首。峰曰：「大好寸絲不掛！」

電光石火，兩刃相交，傷在剎那，「應無所住」春蟲馬盧如我辦不到，不放心。

「手掐無物掐。」寸絲不掛處無體可掛。

這心猿意馬可要多加繩索，連褲腰帶也要綁去，也難綁住否，需要「德山棒」「臨濟喝」了。

抄詩

枯樹雲充葉，凋梅雪作花。擊桐成鼓響，蘸雪吃西瓜。（雪堂行）

黃花熳，翠竹珊，江南煖，塞北春寒，

遊人去後無消息，留得雲南到老看。（寶覺）

本來是擊桐成「木」響，改為「鼓」熱鬧，桐肌空輕可做琴，桐虛心受教。蘸雪吃西瓜，新疆就有。

陝府鐵牛白癩，嘉州大象耳聵，兩個病痛一般，咄哉漆桶不快。（徑山杲）

一缽千家飯，孤身萬里遊，青目覩人少，問路白雲頭。（布袋和尚）

梁貞明三年丙子三月。布袋和尚於岳林寺東廊下端坐磐山，安然而化。其後復現於他州，也負著布袋。四眾圖其像，他坐化也寫了一個偈子：

彌勒真彌勒，分身千百億，時時示時人，時人自不識。

說偈罷就安然坐化。

布袋和尚不知氏族以杖荷一布袋。寶誌禪師是在一老鷹窠中嚎哭而被朱氏婦人救出。善慧大士天竺僧嵩頭陀說他在兜率宮中衣鉢具在叫他臨水觀影見圓光寶蓋。

這些大士生死都不同凡響，是天生禪師下凡來渡眾生的，不知小心求證胡適怎麼說，破案大師李昌鈺怎麼說。

管見是科學有科學迷信，冥冥中神奇事可多了。科學驗證不出神祕之事，但神祕之事不少，這裏又加上很多裝神弄鬼騙人騙財騙色之邪門外道且經政府立案者怎麼說？

人騙人騙死人。人很喜歡聽謊言。謊言似鴉片，人人會用，政客自古用到今效力不減。行騙天下無敵手：

打開歷史一看大多是騙，古人今人青出於藍，騙騙騙！

布袋有個布袋

布袋和尚「形裁腲脮，蹙額皤腹，出語無定，寢臥隨地，常以杖荷一布囊，凡供身之具盡貯囊中……嘗雪中臥雪不沾身……天將雨，即著濕草履驟行，遇亢陽即曳高齒木屐市橋上豎膝而眠，明州奉化縣人氏。」（以上是抄自《指月錄》）布袋不詳姓啥，如果姓蔣呢？

這個和尚布袋，一九五〇左右我在桃園見過，挺著一個大肚在一家醬油廠附近一戶人家之餿水桶撈殘飯吃，見過數次，後來在屏東潮州一市橋上見一著破褲露胸仰臥於橋欄上若似桃園那個大肚漢。大家多認為他倆是瘋漢。布袋可裝萬物是魔術師之祖也。

布袋和尚則是高人也，看他偈子就知：

是非憎愛世偏多，仔細思量奈我何，寬卻肚腸須忍辱，豁開心地任從他，若逢知己須依分，縱遇冤家也共和，若能了此心頭事，自然證得六波羅。

這是說的人間事簡單又不簡單我就做不到，所以一身布袋。布袋布袋放下布袋，何等自在，放眼望去人人背布袋，自己皮囊也是布袋。寧背布袋，壓死也不放布袋。兒女是布袋父母是布袋夫妻是布袋家是布袋國是布袋地球也是布袋。布袋僧另有名偈子：

一鉢千家飯。孤身萬里遊，青目覩人少，問路白雲頭。

布袋在梁貞明三年丙子三月師示滅於岳林寺東廊下端坐磐石說一偈：

彌勒真彌勒，分身千百億，時時示時人，時人自不識。

安然而化復現於他州亦負布袋。

布袋是彌勒佛現身終於洩底感化眾人寧吃汙食垃圾一生，得虛名至今值得，化眾生不多辜負布袋。名布袋利布袋誰無有誰是驢！

懶殘運巨石

大唐天寶初年，衡嶽寺有一砍柴挑水掃地拾枝雜役僧，寺中剩餘之食就收拾殘湯剩飯狼吞虎嚥大快朵頤，樂此不倦。性懶散又喜歡收拾殘餘冷飯果腹，是個不暴殄天物而饕殘餘的仁者就名懶殘。

話說鄴侯李泌不得志時在該寺讀書，細心觀察覺得懶殘是不凡之人，他聽到殘師整夜梵唱，響徹山林，先悽惋悲苦後喜悅天真，覺得必是謫墮之人。有一天晚上李偷偷潛往通名瞻拜，殘師大大不高興說道：「你是要賊我呀。」李泌見他如此更是長拜不起。這時殘師輕撥牛糞火中得一芋就分了一半給李泌吃，李泌奉而食之再拜謝。殘師屬李曰：「慎勿多言，領取十年宰相。」

後來唐德宗要召見懶殘流著兩根長長的冰鼻涕，使者請師擦掉，師言道：「我那工夫為俗擦鼻涕。」

一刺史要祭岳祠，修登山道，一夜風雷有一巨石當道橫臥，十牛數百人推石不動。師笑曰：「不必那多力。」師登石，石盤旋如陀螺，煞時，聲若雷鳴，石疾走而下，路通也。

寺外忽虎豹成群，師對眾僧說：「給我一筆我為爾驅。」師持筆方出寺，一虎銜師遁去，虎豹絕蹤也。師留下歌不少：

世事悠悠，不如山邱，
青松蔽日，碧澗長流，
山雲當幕，夜月為鈎，
臥藤蘿下，枕塊石頭，
不朝天子，豈羡王侯。
生死無慮，更復何憂，
水月無形，我常只寧，
萬法皆爾，本自無生。

兀然無事坐。春來草自青。

這些高人，天上人間，來去自如，降生時都帶紅光。死去時滿室生香。有的肉身不壞，有的空棺不詳，仙人轉世，費人思量，前世修來，近世怎亡，古人精明，各有伎倆，多數帝王，出生異常，令人費思，神乎異常。

並非疑猜前賢，他們神來神往之事易為雜碎所逞也。

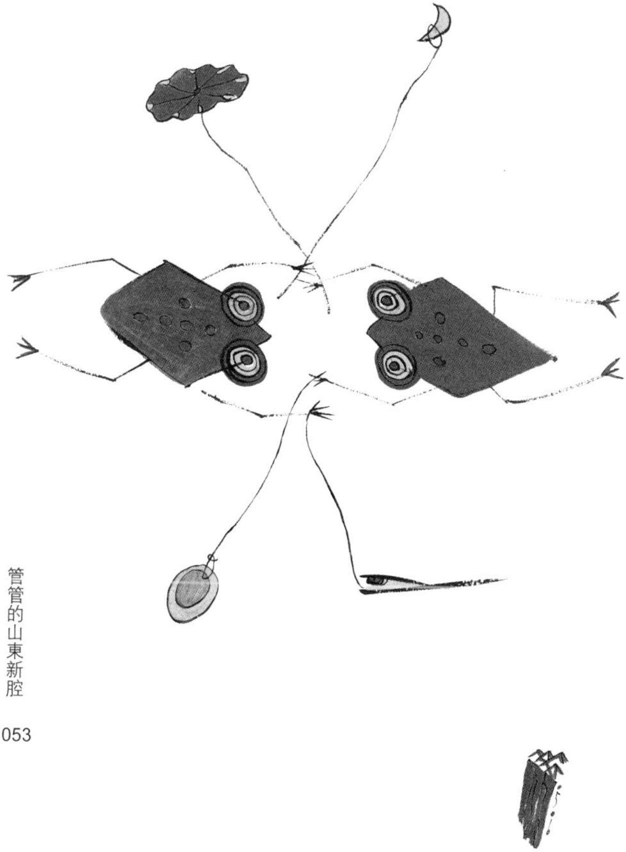

落花如雨亂愁多的曼殊

話說大民國朝有幾位詩僧，他們的詩，有些是詩味般若，雪裏飲冰。筆端紙上，偶爾也露出一些些世情婆娑，這是意在言外，盡得風流。「頻呼小玉元無事，祇要檀郎認識聲。」敢如此說出是五祖法演。

博經蘇曼殊字玄瑛，少入廣州長壽寺為沙門。後漫遊南洋印度，通曉英、法、梵等文，詩畫、小說都有造詣。他跟那些革命人士有往來。

海天龍戰血玄黃。披髮長歌覽大荒。易水蕭蕭人去也，一天明月白如霜。

這是留別湯國頓的世亂聲。

白雲深處擁雷峯，幾樹寒梅帶雪紅，齋罷垂垂渾入定，庵前潭影落疏鐘。

這是住西湖白雲禪寺作的詩，看到遠處雲抱雷峰塔，寒梅披雪，定中疏鐘幾聲飄落潭中。

禪心一任蛾眉妒，佛說原來怨是親，雨笠煙蓑歸去也，與人無愛亦無嗔。

曼殊喜食麥芽糖，痛的打滾還是吃，胃病作祟。愛嗔偶爾來訪。他過鄭成功墓曰：「極目神州餘子盡，袈裟和淚伏碑前。」當時國事蜩螗，滿清腐敗，革命二心。打天下一腔熱血，坐天下一腔狗血。怎能不嗔，嗔也無用，興亡百姓皆苦。換朝不換貪。

春雨樓頭尺八簫，何時歸看浙江潮，芒鞋破缽無人識，踏過櫻花第幾橋。

大師與日本繞纏不清：《斷鴻零雁記》裏悱惻腸斷，雖借情點煩惱，可傳言迷離，所言「還卿一缽無情淚，恨不相逢未鬀時」這難說，一介詩僧人品出眾，儀表瀟灑，不惹芳心傾倒，那人間太無情了。「我再來時人已去，涉江誰為採芙蓉。」這採芙蓉之心耐嚼。

輕風細雨紅泥寺，不見僧歸見燕歸。

想到弘一大師，大師們年少出家，人品出眾「恨不相逢未鬅時」，鬅者是決心剃，可未鬅而傾慕者就在慾海中浮沉了。這要「死」要「放下」要「安心」。可這心怎麼安，這要去問達摩。

弘一妻至寺門跪求一見，夫妻之恩應見，一見則恐不斷，不見則絕情。可求其雙修，剪不斷則亂，剪斷則絕情，弘一曼殊泯得世情否，難說！

了不「了生死」！

大概不談生死，無以言禪（這是谷芳老師的說法）他又說：「其實禪一言以蔽之，即在『了生死』。」

南嶽玄泰禪師，他寫給弟子們的詩說：

不用剃頭，不須澡浴，一堆猛火，千足萬足。

有個後人給玄泰對上一首，他寫到：

不用剃頭，不必洗澡，隨死隨埋，便宜青草。

又有後人把後面兩句改成「隨處埋了，省下柴燒」，「可以肥土，送給青草」。

臨死時留下幾句，這是宗門大事，但是不必要神奇，雖是苦口婆心，魔法能吸引信者，也會引來牛鬼蛇神，禪應是平常自然不弄神裝鬼才是。

唐代隱峰他老人家「倒立而亡，衣襪不墜」的神功為了接引弟子用心良苦，有點走火入魔，這暗示性甚玄：都學隱峰「倒立而亡，衣襪不墜」，道行不夠，若然一個一個倒吊著嚇殺凡人也。一些宗教喜歡弄神弄鬼吸引眾生，而眾生也往往被這些神奇所惑，無法驗證，但十分迷人。

如唐懶殘運石如飛碟臨空，如近代大和尚虛雲，說法時菜園竟開金蓮花。出家人不打誑言，這些神奇信乎不信？

了生死就了生死，別出花招為妙，就愛「倒立而亡」休管閒事，死生非閒事，也不是大事。

這麼多英雄豪傑都對死生不能懸崖撒手，如果能覓得長生靈藥，是否他不會反正要死殺個痛快。也不盡言，弄出「天堂」「地獄」「西方極樂」，可人獸不分，未減分毫，所以能否徹底放下，提起輕鬆，還是盡在煙雲雨露中了。

八指頭陀的詩

八指頭陀寄禪，見桃花零落，落紅滿溪。徹悟，於佛前燒去二指，這份精誠所至，非凡人敢為。他也寫出不少的好詩，寄禪湘人：怎麼楚地淨出這號鐵錚人物，屈原大詩人，他面對昏君犯不著跳汨羅，人死了，楚也沒聽忠言亡了。譚嗣同他絕對可以走，卻就要以頭顱熱血來喚醒國人，國人是喚醒了，國家也亂來了，這怎麼說，非譚能料，最酷者，應屬毛澤東，一個書生，就能用筆桿子打倒槍桿子，古往今來所未有，一介書生，能使神州天翻地覆，慘絕人寰，這是啥等人生？「數風流人物，還看今朝」、「天地不仁，以萬物為芻狗」。誰主沉浮　禪能不能？禪能！？看寄禪詩：

割肉燃燈供佛勞，了知身是水中泡，只今十指惟餘八，似學天龍吃兩刀。

這決心無事不成，不悉寄禪是怎樣走法，走重要嗎？活在當下重要嗎？你說呢？

一株兩株松，三箇五箇竹，岩扉長寂寥，只有雲來宿。

遠遠地嗅到王維之味，當然禪也在此。

幽人夜不眠，愛此碧虛月，涼風一颯然，吹動梧桐葉。

有月，有涼風，有桐葉呢喃，身在詩裏，眠不得，也眠在醒邊夢門，眠不得就看詩。

白露橫江水接天，秋懷黯黯不成眠，一身漂泊三千里，獨宿蘆花月滿船。

寄禪雖事世尊，十六歲離家，他「孤懷寂寞」行走於懸崖鳥道，「壞色袈裟有淚痕」。

這淚是出家淚，是寄禪的淚，是人子之淚。

哭是生帶來死帶去的人子肉身，可以不哭，不哭也不是佛吧？

儺戲圖

白雲守端去參楊岐禪師，岐一日突然問：「受業師是誰？」白雲：「茶陵郁和尚。」「聽說伊過橋跌倒有省，作了一首很奇的偈子，記得否？」白雲馬上就朗誦出來：

我有明珠一顆，久被塵勞關鎖；
今朝塵盡光生，照破山河萬朵。

楊岐老人大笑一聲走人。白雲一個晚上失眠，不知老人笑聲玄機，白雲中了老和尚的道兒，這是老人給白雲遞杯「茶」喝。所以睡不著。

次日白雲去問楊岐老和尚為何大笑？楊岐言道：「白雲啊，你不如昨天歲暮那個演儺戲的丑角呢，丑角喜歡逗人笑，你卻怕人家笑！」

楊岐給白雲這一棒錘如同金玉奴棒打薄情郎，看他倒背郁和尚的偈子洋洋得意，不能不笑，但白雲真的已悟偈中「心即是佛」嗎？他楊岐大笑，留下一個「雲深不知處」，「只在此山中」。請白雲去找，找了一晚，還是「雲深不知處」，藥哪，老師的藥就在門口撥去白雲，白雲心中吃了藥了。

這就是「啄啐同時」。一片冰心在玉壺。

虛堂雨滴聲

雨水自禪房屋簷流下，滴答入耳，滴是小雨或雨初停才生「滴」，草簷最佳，所以不是「流」下，是「滴」。

鏡清禪師突問：「窗外簷下何聲？」

僧侶答曰：「是雨滴。」

鏡清禪師說：「眾生顛倒，已迷逐物。」

虛堂者虛靜禪堂，應空無一物。如果禪定則會進入雨滴聲中，達到物吾兩忘，就是「人境合一」，人沒入雨滴聲中，這沒入多久？雨滴挺好聽的，滴了你的安眠那是沒入禪定，鏡清逃不出雨滴，出家僧人在家居士，應修「無分別對立主客不分」至「無心」之境。真正禪者是「人境合一」「物我兩忘」所以就「眾生顛倒，已迷逐物。」

不要逐物，要不要不吃茶不吃餅呢？

到了「咱不迷己就和光同塵」了。這可得禪禪。

一日鏡清又問：「門外是啥聲？」僧答：「是鵓鳩聲。」

鏡清又發高論：「欲得不招無間業，莫謗如來正法輪。」

他不說鵓鳩聲山川草木皆是佛聲。而說是謗。

無間業地獄業，地藏菩薩人人都敢下地獄，人人都有佛性呀。這謗是反，自然也反自己。鏡清在好聽鷓鴣中迷了自己？別驚鷓鴣沒有佛性嗎？

雪竇問的好：如何是出身猶可易？「銀釧金釵來負水。」又問：「如何是脫體道更難？」曰：「為伊憔悴終不悔。」

不悔就沒事。

德山挾複子

德山宣鑒至溈山要見當家靈祐，他挾複子（展拜坐墊用一個墊子）於法堂之上，從東過西，從西過東，顧視云：「無，無」，便出。

德山想去問問題，到了溈山，溈山不吃這套，不可一世，如武者訪友踢館，開門不見。不是怕你，是等你出招，圓悟說德山至此只覺青天白日，不見溈山也罷，即是釋迦在此也不必見，圓悟大捧德山，可德山回來了，他走不得，走了就無下文了。

德山來至門口，卻云：「也不得草草！」真是神來之筆，便具威儀再入相見，不入虎穴，焉得虎子，這是天真話別笑。圓悟見此又開示了「只為時節因緣，亦須應病與藥。」且看誰病誰吃藥？

桃李不言也與春神商量顏色，其實冬天還在旁邊，德山回去見了溈山禪師，兩虎相見，吼獅連連。

溈山坐次，德山提起坐具云：「和尚！」（出招了）溈山居於師位，擬取拂子（迎敵接招），德山便「喝」，拂袖而出。

雪竇開始講評：他說兩位大師相見，如懸崖並身而過，挨著就墮（都要用縮骨功），丟了性命，雖是接引佛，亦要急走不接。人生是懸崖走馬，大難來時各自飛，絕情如石。可是：德山背卻草堂穿上草鞋便走。溈山晚間問首座：「適來新到和尚哪裏？」首座就說穿上草鞋背堂而去。溈山云：「此子以後去孤峯頂上盤結草庵，呵佛罵祖去了。」算命神準。

蘭成師說：「他像雁蕩山頂一株芙蓉開得自在自足，此地無佛無法無祖師，也什麼也沒失落。」

雪竇的頌說：「雪上加霜。」這頌好得應吃進肚裏去才自在。禪是一枝花。

黃巢過後劍

鄂州岩頭全大奯禪老問僧：「何處來？」答：「西京來。」岩頭問：「黃巢過後還收得劍麼？」答：「收得。」岩頭引頭近前云：「囫！」僧云：「師頭落地也。」岩哈呵大笑。僧後到雪峯，雪峯又問何處來？僧云：「徒岩頭來。」雪峯云：「有啥言句？」僧舉前話。雪峯打三十棒趕出。

黃巢過後還收得劍麼「是一句極鮮烈的話」（蘭成師語）。鮮烈是夠鮮烈，黃某人殺人八百萬這鮮血成河，屍骨堆山，便宜了大地！不必驚慌，恐龍滅，死更多，不死哪來石油，屍成石油出。「天地不仁，以萬物成石油」所以納粹殺人是有理了。放你狗屁吧！

黃巢起兵，民間起兵劍，劉邦也這樣，朱元璋也這樣，革別人命無罪，造別家反有理，領頭造反者當了他馬的皇帝。

如果那僧當雪峯問完，就把岩頭的頭丟在雪峯面前，雪峯那根棒就應頭起火了。不管什麼木頭三十棒落屁股，必定血染海棠紅。雪峯仁慈有刀傷藥否，你老問人家，答非所問成麼，這些大禪心狠手辣三十棒趕走，都學黃巢了，這僧不死必殘。

要逆來順受？順來逆受？但逆來逆受是朱元璋，元末天下大亂群盜蜂起殺人如麻，朱命大，他去土地廟丟筶問，人「逃」人「留」皆「凶」，人起兵「大吉」這是馬扁言荒了一群春蟲馬盧，當然我也是馬盧。

六不收

僧問照州雲門山光奉院文偃禪師：「如何是法身？」門云：「六不收。」
五祖弘忍一日開腔罵人：

釋迦牟尼佛
下賤客作兒
庭前柏樹子
一二三四五

這一罵把釋迦牟尼佛的妙
相莊嚴來放解，他可去掃

柏樹下落葉打掃烏鵲拉的屎。這一著開後來畫家畫寒山拾得梁楷的潑墨仙人，無奇不有無怪不俊的反常合道的神韻。牟尼佛還是「上天下地唯我獨尊」，這話如來說不出口，他是但不會他來說。

雪竇來說：

一二三，四五六。碧眼胡僧數不足。
少林謾道付神光。捲衣又說歸天竺。
天竺茫茫無處尋。夜來卻對乳峯宿。

最後一句還是睡一覺再去天竺。

一缽千家飯，問路白雲頭。

一定回得了「家」。

東門西門南門北門

趙州觀音院從諗真際禪師，曹州郝鄉人，姓郝，從小出家披剃。這老和尚妙聞特多，甚是好玩。機智過人，活了一百二十歲。他是一位比弘一還苦行的大和尚，有一偈子寫他：

趙州八十尚行走，只因心中不悄然。即之到得無一事。始知枉費草鞋錢。

師到二個庵主處都問「有麼有麼。」二個庵都豎起拳頭，師都有回云：一是「水淺不是泊船處」。另一是「能縱能奪能殺能活」。最妙的瞎堂遠頌的好：「換手搥胸哭老爺，棺材未出死屍斜，不如掘地深埋了，管取來年吃嫩茄。」

趙州的「庭前柏樹子」。一僧問：「如何是祖師西來意？」趙州就說了柏樹子。曰：

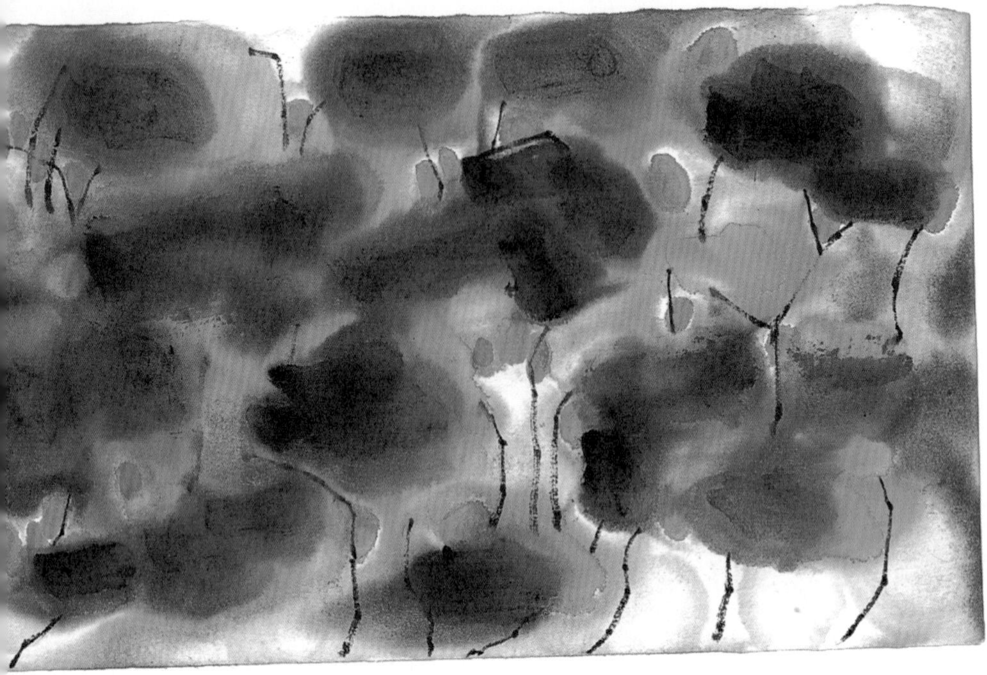

「和尚莫將境示人。」師曰：「我不將境示人。」曰：「如何是祖師西來意？」師曰：「庭前柏樹子。」這是一個名公案，就是柏樹子庭前。柏子苦難嚼，趙州茶好香。

師問「新到的麼？」「是。」師曰：「喫茶去。」又問一僧，曰：「不曾到。」師曰：「喫茶去。」春茶上市來嘗鮮。來喫吧。趙州觀音院北地茶，喫茶是享受，唐朝北方無茶乎，非也，有竹便有茶：竹林七賢便賢不成。院主問趙州到與不到都去喫茶。師召院主，主應諾，師曰：「喫茶去。」配上「雲門餅」這茶會吃得更香。

有人問如何是趙州？曰：「東門西門南門北門。」

師與文遠論義，說定鬥劣不鬥勝，勝者輸菓子，遠請師先說，師曰：「我是

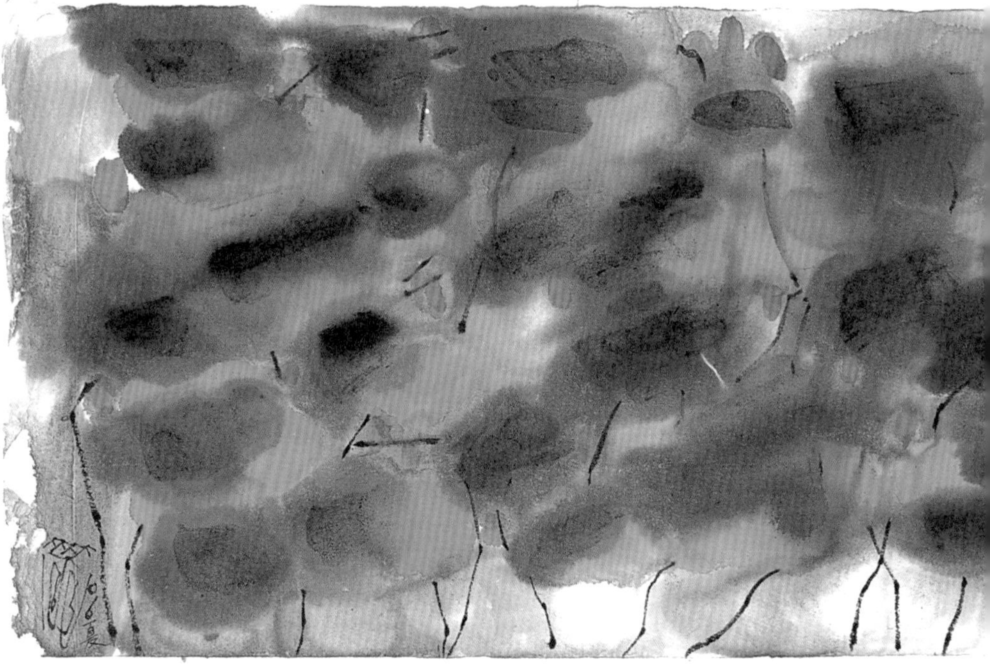

驢。」遠曰：「我是驢胃。」師曰：「我是驢糞。」遠曰：「我是糞中蟲。」師曰：「你在彼中作什麼？」遠曰：「我在糞中過夏。」師曰：「把將菓子來，老和尚餓了。」壽一百二十歲。實歲二歲多。

狗子也有佛性

「萬古長空，一朝風月。」一花一世界，一葉一菩提。沒來沒去沒事情。人生一場空，你別想長生不老藥，莊周言：生生死死，死死生生。要緊是看破，本來是這麼簡單明瞭，卻有一些狂妄之徒即是正牌宗教界也不例外，硬把簡單人生附加一些神話，什麼輪迴，什麼升天，什麼成佛，這是神話，也是鴉片，更是迷藥！若有天堂，則眾生皆可上。若有地獄，誰也跑不了！那些製造地獄神話的人，理當先下。你若有智把各種經書專心研讀，定當明白這些寶典不過是安慰人心不足之鎮靜劑而已。僅是使你這比畜牲會寫字的動物人類吃一劑迷湯麻藥而已。你想成仙成佛長生不老，只有人這種動物，才會無恥才會癡心妄想想出來的自欺欺人之把戲。

由人類這種癡心妄想來看，人是諸般動物中最不自量力，最夜郎自大，最狂妄無恥，最大膽妄為的一種動物，最笨又最聰明反被聰明誤的一種不守分的怪胎小孩。

禪宗言狗子也有佛性，眾生皆有佛性，有一位楊黼他別離雙親準備去拜訪無際菩薩，路遇一老僧問他何往，言欲去拜無際，老僧言道：「找菩薩還不如找佛。」楊問哪裏有佛？老僧言道：

「當你至家時，見一人披毯性急穿反了鞋來迎門接汝者，那就是佛。」

媽媽才是佛，除了悉達多，別的妖騙財騙色妖言惑眾影響邦本，是一種賣迷藥的假仙而已。騙者被騙者皆非善類也。

貪得無厭！騙字當道！

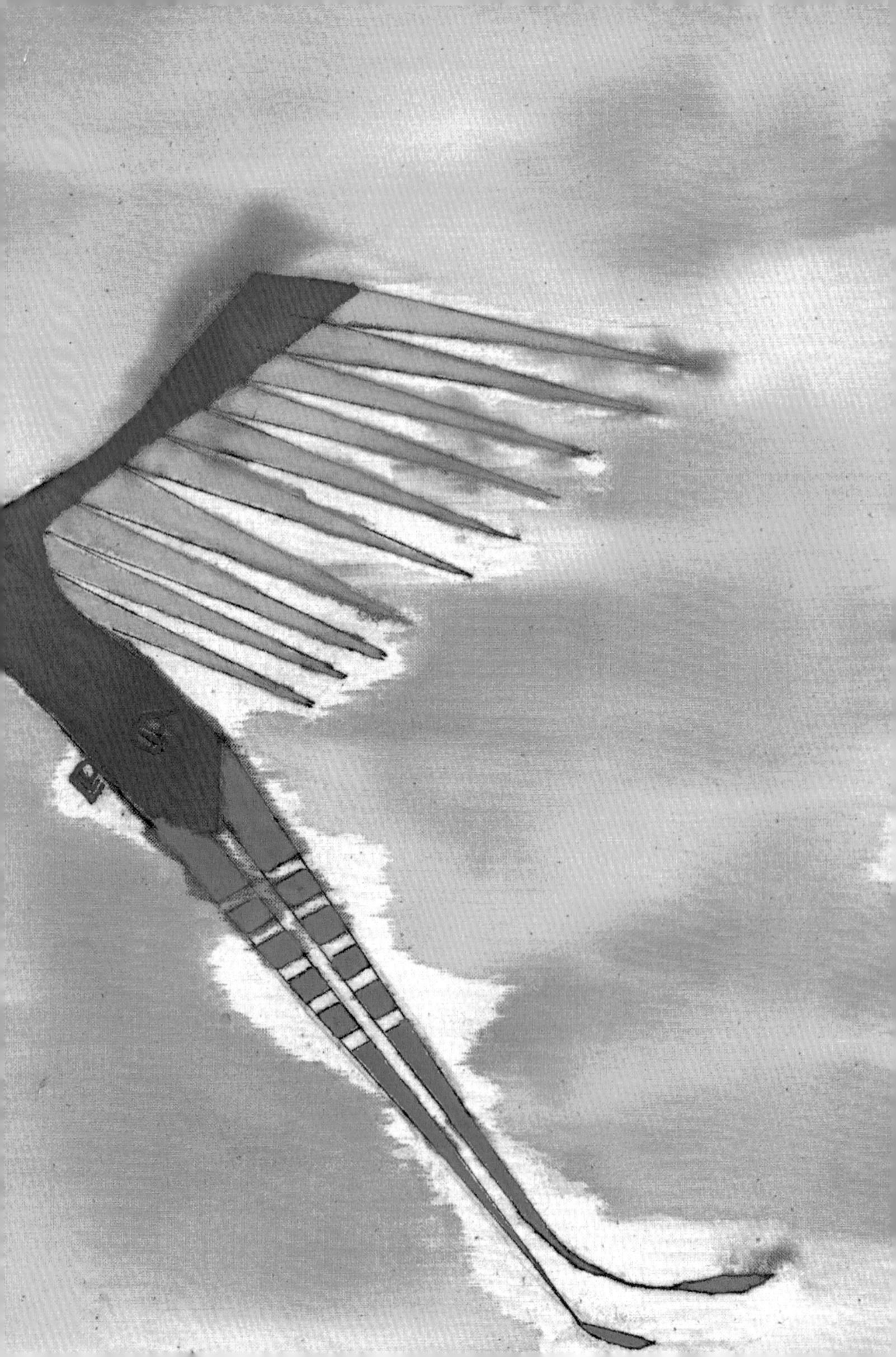

沏幾壺禪茶給您吃

古木陰中出短蓬。杖藜扶我過橋東。
沾衣欲濕杏花雨，吹面不寒楊柳風。
（志安：五代後唐僧，孤介喜詩，遊山水，識古剎，十餘年後不知所終。）

凌晨三盞茗。卓午兩枰棊。
或問修持事。幽然一皺眉。
（如敏：五代後唐僧，住韶州靈樹院，寬綽純篤，知聖大師。）

席簾高捲枕高石。門掩垂蘿蘸碧溪。
閒把史書眠一覺。起來山日過松西。

（處默：唐末詩僧與貫休同薙染，後入廬山偕修睦棲隱遊。）

蟬響夕陽風滿樹。雁橫秋島雨漫天。堪嗟世事如流水。空見蘆花一釣船。

（棲一：唐末武昌人，與貫休同時，皆耽吟詠，詩多懷古。唐末亂世苟全生命遁入佛門。網開一面。後世出家也逼還俗。唐曾滅佛。百丈又救了出家人，不作不食不乞食。）

家在閩山西復西。其中歲歲有鶯啼。
如今不在鶯啼裏。鶯在舊時啼處啼。

（懷濬：唐末秭歸郡僧，能知未來，東裏人以神聖待之，刺史于公捕詰，乃以詩通狀，于公異，釋放。這神通人類偶有，尚不知究竟。但近世多裝神弄鬼。蘇就有靈異稟賦。稱神也行，救人就神了。）

路逢一老翁。兩鬢白如雪。
一里二里行。四回五回歇。

牧童見人俱不識。盡著芒鞋蓑衣。

朝陽未出山時。露滴蓑衣半濕。
三個五個騎牛。前村後村放牧。
笛聲一舉。眾稚歌舞。
白日看看西斜。各自騎牛回家去。

溪邊十里五里花。雲外三峯兩峯雪。
君上廬山我舊居。松蘿抛擲十年餘。
（隱巒：唐末匡廬僧，善詩善畫喜遊蜀。一生雲煙供養，生也廬山，死也峨嵋，便是正果。）

唐，詩多詩人多。僧多，詩僧多。安史之亂，黃巢造反，五代殘唐，你殺我砍。大宋的奇花異朵是刀劍血肉培養出來的嗎？文革之後的燦爛也是否？

再泡幾杯禪詩吃

……偷人面上花，奪人頭上黑。（短歌行）

風舞槐花落御溝。終南山色入城秋。門門走馬徵兵急。公子笙歌醉玉樓。（長安早秋）

……柿凋紅葉鋪寒井。鵠墜霜毛著定僧。風遞遠聲秋澗水。竹穿深色夜房燈。出門盡是勞生者，只此長閒幾個能。（水陸寺會宿）

（子蘭：唐光啟文德間僧，善文寡言，

昭宗文章供奉。〈短歌行〉，十句只錄最後兩句。〈水陸寺會宿〉八句只抄六句，不錄的覺得不是好茶。那個唐時到處徵兵送死。至今還是徵兵送死。「保國衛民」是假，多半是為「政客皇朝」的榮華富貴送死，太多戰爭，都非救亡圖存，二戰毫無理由挑起戰火，最後逼上梁山。只戰不談，一將成名，萬骨枯。「流芳」是假。「遺臭」是真。禪發達於唐，唐僧不少五代也多，這與亂世有關，生命如草芥春風吹又生，野火至今還在燒，所以修禪，煩惱即菩提，放下不放你會累死。）

「……滿堂花醉三千客，一劍霜寒十四州……」這是貫休寫的八句中最命長的兩句，他七歲出家，讀經過目不忘，能詩能畫，他的畫至今尚存，前詩八句投吳越王錢繆、錢謪改為「四十州」乃可相見。曰：「州亦難改。然閒雲野鶴，何天而不可飛。」前詩曾出句「貴逼身來不自由，幾年勤苦踏林丘（滿堂兩句）萊子衣裳宮錦窄。謝公篇詠綺霞羞。他年名上淩雲客。豈羨當時萬戶候。」就詩上看他是「忙」雲「朝」鶴，他想名利，他去蜀以詩投王建曰：「河北河南處處災，惟聞金蜀少塵埃，一瓶一缽垂垂老。萬水千山得得來。秦苑棲幽多勝境。巴歈陳貢愧非才。自慚林藪龍鍾者。亦得親登郭磈台。」王建遇之甚厚，署號「禪月大師」。世呼「得得來和尚」，終于蜀，八十一歲，有《西嶽集》。

貫休終于上了淩煙閣，出家人口口聲聲四大皆空，自古至今四大皆不空者不少，這更顯出那些高僧的人品。

南投是寶地境內有兩個大墓皆是一代教主，有錢有勢並不可以破壞山林留下土饅頭給後人說笑，這是什麼教呢。人民不長進，南投埔里另有一大建築一根陽具沖天比一〇一出眾，因為他立在一個漸升的平原上把整個的風水破壞了，釋迦達摩慧能皆不會答應。當年梁武帝給達摩說建寺齋僧有何功德。達摩說：「無功德。」成佛不在蓋廟，燒香哪能成佛。

空山無人水流花開

罷釣歸來不繫船。江村日落正堪眠。
縱饒一夜風吹去。只在蘆花淺水邊。

這是司空曙的〈江村即事〉這詩被禪家大大誇說禪味十足，可見禪這傢伙會自然生在詩人之身，生來就是明珠一顆，若不是當然要修燒成幾粒舍利子就禪了，我想舍利子是舍利子，禪還是禪。

叫人又想起蘇曼殊這位吃麥芽糖痛得滿地打滾還要吃的和尚，覺得他像賈寶玉幾分，恨不相逢未鬃時，這是慧能的能耐「後念悟即佛」，「我心自有佛，自佛是真佛。」

春雨樓頭尺八簫。何時歸看浙江潮。

芒鞋破缽無人識，踏過櫻花第幾橋。

一個飄然出入紅塵的詩僧，身和心出於紅塵染缸，染進染出蘇可染蘇不可染，這是本來無一物，何處惹塵埃的絕處逢生，如果你是一朝風月，便是萬古長空了。「將頭迎白刃，猶如斬春風」，「有物先天地，無形本寂寥。能為萬象主。不逐四時凋」如如，如如。「煙銷日出不見人。欸乃一聲山水綠。」

這一「欸乃」一聲山水綠兮，這跟春天月夜一聲蛙一樣動人驚人悟人。楊黼去蜀拜無際，路遇一老僧問他何往，「去找菩薩。」「何不去找佛。」「佛在哪？」「至家時有個人在鞋都來不及穿給你開門的老太婆那是佛。」

「菩提本無樹，明鏡亦非台，本來無一物，何處惹塵埃。」

慧能不是鏡子。神秀是鏡，天天拂，還非一塵不染。

「寂古池塘，青蛙飛於水中，潑辣一聲響。」

芭蕉心身有「萬古長空」一朝風月一真一切真萬境自如如。

「若無閒事掛心頭，便是人間好時節。」

要眠要坐，全隨君便。熱取涼，寒向火，坐臥定靜，吃喝拉撒，皆是道，別唬人就是真人。

「懸崖撒手。」「絕後再蘇。」

「德山棒」「臨濟喝」「雲門餅」「趙州茶」

「挨捧聽喝嚼餅吃茶」吃足喝足坐臥隨意。且無隨地大小便，高粱地裏拉野屎，臭的自在拉的自在。

「尋春不見。芒鞋踏遍。歸來偶遇梅花。春在枝頭十分。」

「那人卻在燈火闌珊處。」

「得來全不費工夫。」

早知不必穿鐵鞋。清水寺有雙鐵鞋。古人練武穿鐵鞋，鞋一丟便可飛簷走壁。清亡軍閥橫行，山東有一小軍匪每匪腿上綁鐵沙袋，軍急丟袋，健步如飛，飛歸飛還是挨槍了。

總是枉費草鞋錢！

「行到水窮處，坐看雲起時。」

無雲就看天。

蕭蕭的台灣小調

嗜蘋果的幾種可能

再度夕陽紅

蘋果的澀與色

機不可失

擬人的花草植物

千載多難逢？

含羞的樹

數字遊戲

花是芬芳在大地上的詩（一）

我是縮小八百億倍的奈米

豬的思想羊的胃

花是芬芳在大地上的詩（二）

花是芬芳在大地上的詩（三）

不入虎山，焉得虎子

花是芬芳在大地上的詩（四）

溫柔地摳著你最嫩的肌膚

人在台北不一定識得杜鵑

何處不是大學問？

駐足

巷閭間的聖賢

誰是那悟者？

黃山歸來

飛鳥與百合

小葉欖仁的懶人哲學

又見一炊煙

種籽也有發芽的夢

年少一定要清狂嗎？

鼓山頑石

不殺價的瀟灑與樂趣

突然彈出的生命影像

啃蘋果的幾種可能

如果在報紙廣告上看到「誠徵詩人」的文字，你會相信這種事實嗎？徵詩人作什麼用呢？徵作業員，我們知道可以站上第一線插卡榫、理線路；徵理髮小姐，我們知道她要會洗、會吹、會燙、會染；但是，詩人？作什麼用呢？

尤其是這份廣告登在色彩繽紛、情采沸騰的《蘋果日報》上，增加更多的可疑性。

仔細看下去，詩人會有什麼待遇？

兼職
不供食宿薪水
偶有績優獎金
保證思想點火

有烤焦自己之危險
玩票者歡迎
意志耐操者優先錄取
速洽玩詩合作社 0937＊＊＊168 林德俊

這樣的待遇，真不知道有誰敢去應徵？

仔細一想，這是廣告嗎？特別是「保證思想點火／有烤焦自己之危險」又是什麼意思？

思想可以點火，使自己陷入危險，其實正點出詩人的內在焦急。原來這不是廣告，是玩詩的一種方法。玩詩合作社的年輕詩人，選擇爭議性最強的《蘋果日報》玩這種遊戲，是一種解構，以付費刊登廣告的方式發表詩作，這種原始的構想，則是詩的創意，哪一種創意不是這樣玩出來的？

啃蘋果，從來沒有人規定從哪裡下口。

吃葡萄，早就不一定要吐葡萄皮了！

至於香蕉，非常不適合放進冰箱。——因為，這麼優質的水果，跟詩一樣，要及早吃進肚子裡。

蘋果的澀與色

蘇紹連在他的數位詩創作裡就曾有「廣告詩」的設計，他在二〇〇五年元旦《蘋果日報》的〈家具展〉真是「廣告」與「詩」的結合：

家具展

家具是我們的家人，
躺在床媽媽的懷裡，好舒服；
沙發爸爸抱著我，好滿足；
櫥櫃姊妹、桌椅兄弟，

還有我燈具，
每天都帶著親情來家聚。
意者網搜「玩詩合作社」轉蘇紹連

擬人化的家具多可親！B&Q如果能以這樣的方式訴諸人性、人情，說不定業績可以提升個兩三成，而這是詩人玩出來的。

六十多歲的詩人林煥彰也跟著年輕小伙子玩了起來，他寫的比較嚴肅：「我撕碎政治版社會版／挑出我要用的字寫它／三行五行向不公不義／的世代討回公道▶■／■◀只因為詩的緣故／」，不過，一按上「1號林煥彰・總統候選人政見」的標題，詩的諧趣就引逗出來了！

語氣曖昧的下一則，聽說還真引來好色客的電話哩：

空虛先生售屋
玻璃隔著銀河
屋子標示著不可不測的孤獨
一不小心靠近就會

擦槍　走火

親愛的，
請來、請來殖民我。
意洽0953023885
玩詩合作社劉哲廷

只可意會，不可言傳，詩與色情，還真的只是一線之隔。
這時你會恍然大悟，蘋果的澀與色，還真的是同一個音。

機不可失

有沒有想過：在十二億漢人中，我們竟然可以在彰化的田野間相遇，而且微笑相對，竟然也可以在「饌王」店裡同吃一個大鍋煮出來的牛肉麵，而且同樣發出讚嘆？不論識或者不識，我們有沒有想過這樣的機率如何算計？

看不見的機率還出現在：我們同樣喜歡王維的自然美學與超自然美學，只是你不一定知道我知道你也喜歡；我們啃同一棵社頭泥土培育的芭樂樹的果實，而且繼嘈嘈切切之後頻頻嘖嘖，只是我不一定知道你喜不喜歡也啃白色果肉裡的籽。但是我們同樣喜歡芭樂的脆響、王維的禪境，同樣不知道那樣的機率，什麼時候出現在哪裡。

這些數字一算，動不動就是千億分之一，在千億分之一的機率裡，我們竟然碰見兩次以上，那又該如何清楚撥動腦海裡的算盤珠子？

千載難逢，我們總是這樣讚嘆；

機不可失，我們總是這樣警惕。
同船渡，共枕眠，那又多難得啊！
即使是同樣喜歡一首詩、同樣珍惜一個吉祥數字、同樣是容易傷感，都值得珍惜啊！

千載多難逢？

我們一直認為「千載難逢」就是千年難逢，詩人顏艾琳傳給大家一則訊息，引述中國古代的《孫子算經》一書中的記載：「凡大數之法，萬萬曰億，萬萬億曰兆，萬萬兆曰京，萬萬京曰垓（讀做ㄍㄞ），萬萬垓曰秭（讀做ㄗˇ），萬萬秭曰穰（讀做ㄖㄤˊ），萬萬穰曰溝，萬萬溝曰澗，萬萬澗曰正，萬萬正曰載。」如果依這樣的算法，「載」是數量的最高數額，一「載」會是一之後加上幾個「0」？我列出所有的數量單位，仔細算算「0」的數量，就從「十」開始，「十」是「10」的一次方，「1」加一個「0」，「百」是「10」的二次方，「1」加二個「0」，依此類推：

十，百，千，萬，十萬，百萬，千萬，億（萬萬）：100000000。

十億，百億，千億，萬億，十萬億，百萬億，千萬億，兆（萬萬億）。

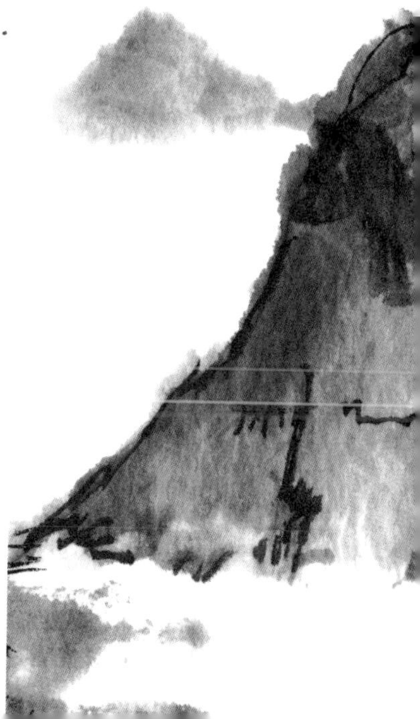

十兆，百兆，千兆，萬兆，十萬兆，百萬兆，千萬兆，京（萬萬兆）。
十京，百京，千京，萬京，十萬京，百萬京，千萬京，垓（萬萬京）。
十垓，百垓，千垓，萬垓，十萬垓，百萬垓，千萬垓，秭（萬萬垓）。
十秭，百秭，千秭，萬秭，十萬秭，百萬秭，千萬秭，穰（萬萬秭）。
十穰，百穰，千穰，萬穰，十萬穰，百萬穰，千萬穰，溝（萬萬穰）。
十溝，百溝，千溝，萬溝，十萬溝，百萬溝，千萬溝，澗（萬萬溝）。
十澗，百澗，千澗，萬澗，十萬澗，百萬澗，千萬澗，正（萬萬澗）
十正，百正，千正，萬正，十萬正，百萬正，千萬正，載（萬萬正）

「億」是「10」的八次方，「1」的後面八個「0」。
所以「載」是「10」的八十次方，「1」的後面八十個「0」。
「千載」還要再加三個「0」。
若是，千載之一是多難得的機遇，「千載難逢」的緣分，我們怎能不珍惜？

數字遊戲

根據美國財政雜誌所推出的二〇〇五年世界富豪排名榜，微軟公司（Microsoft）總裁比爾．蓋茲（Bill Gates）連續十一年高踞富豪榜的榜首，他的個人財富在二〇〇四年是四六六億美元，現在是四六五億美元，折合新台幣是一六二七五億，依照《孫子算經》的講法，是一兆六千兩百七十五億元。世界首富的財產只需億、兆兩字就可記錄，用不到京、垓、秭、穰、溝、澗、正、載等字。至於我們所擁有的，連財富都談不上，百萬、千萬就已足夠，億、兆、京、垓等等，就讓它等等吧！

《孫子算經》的大數之法，是「萬萬曰億，萬萬億曰兆」，「萬」以上的數字變換都以「萬萬」的倍數為基準。《孫子算經》相傳是東漢時代的人假託孫武之名所寫的偽書，因為書中提到長安、洛陽相距九百里。稍後，三國時代魏人徐岳的《數術記遺》提到這種用甚少之名稱以顯無限之數的「命數法」，他說「數有十等」也是「億、兆、京、垓、秭、穰、溝、澗、正、載」十個字，但真正使用時卻有「上、中、下」三等：

下數者，十十變之，若言十萬曰億，十億曰兆，十兆曰京。（十進位）

中數者，萬萬變之，若言萬萬曰億，萬萬億曰兆，萬萬兆曰京。（萬萬進位，算法與《孫子算經》同。）

上數者，數窮則變，若言萬萬曰億，億億曰兆，兆兆曰京。（這時的京是10的三十二次方，垓是10的六十四次方……到「載」這個數字已是10的四千零九十六次方，頗為嚇人。）

所以，徐岳也說：「下數淺短，計事則不盡；上數宏廓，世不可用；故其傳業，惟以中數耳。」即使用中數，比爾．蓋茲也只用了最基層的億、兆兩個字，而我們只需百、千、萬的金錢，就可以得心應手了！

我是縮小八百億倍的奈米

魏晉南北朝以後佛教文化傳入中土，同時帶進了「恆河沙、阿僧祇、那由他、不可思議、無量、大數、不可說」這些數詞，到底它們代表著多長的時間，多大的數量，恐怕不是腦筋的思理所可計數，而是心靈的能量在感受吧！

詩人朋友聚在一起最能引起共鳴的一句話是：「大學聯考數學我只得17分。」一定會有人緊接著說：「我更慘，只有9分。」然後，大家樂成一團。紀弦以後，詩人都以「我是數學不及格的」為榮，但是，看看他們的詩句，卻又以誇飾數量為能事，到底詩人的數字觀念，好還是不好？確實是值得研究的一個話題。

截至目前為止，數量最誇張的新詩句是楊澤的「我是縮小八百億倍的小寫的i，請努力讀我」，那時，「奈米」的觀念還沒有人提舉出來，要不然楊澤說不定會寫成：「我是縮小八百億倍的奈米」或是「我是縮小八百億奈米的小寫的i」，怎麼能夠不努力讀我？

奈米到底多小？奈米（nanometer）是長度的單位，一奈米等於一米的十億分之一（10^{-9} meter），約為分子或ＤＮＡ的大小，或是頭髮寬度的十萬分之一。

如果我們心中有著奈米與千載之間的寬度，那比爾．蓋茲的財富紀錄（新台幣一六二七五億）又算什麼呢？何必起個「我恨比爾．蓋茲」的網站http://www.IhateBillGates.com呢？

豬的思想羊的胃

長久以來腦後那根筋總是不定時疼痛，不定時的意思是它想痛就痛了，即使昨晚睡眠充足，即使早上該吃維他命也真吃了B、C、E。膽固醇過高，他們說的，所以我讓自己從豬變成羊，豬羊在短時間內絕對可以變色，這點我知道我有這個毅力，早餐改成水果，一二〇元省錢超市買的蔬菜可以讓我度過三天，如是，持續了大半年，也不知道膽固醇降了沒？筋仍是不定時疼痛——如果定時，不是更糟嗎？昏昏欲睡的問題倒是解決了一些，胃卻也變小了，而且習慣草食。

這天晚餐只不過吃了一塊肯德基，雖然神說禽流感不會進入台灣，我則小拉了一下肚子，可見豬與羊的胃畢竟有著結構性的不同，習慣草食的胃是不是就不再習慣雜食了？

好久好久沒有人笑稱我是豬頭了，難道很多人的眼睛都有著X光的設備，可以透視我的胃已經是羊的胃了？

不入虎山，焉得虎子

週休二日你都在做什麼消遣？朋友見面喜歡這樣詢問，活了一把年紀之後，我知道不能直接回答：我在思考台灣新詩學與美學如何建構的問題。那不是消遣，大多數的人認為，週休就應該過休閒的日子，休閒的日子裡就應該放鬆自己，放鬆自己就應該做一些「不及義」的事情。

所以，我都說：爬四獸山。

四獸山，哪一座啊？

我上虎山，你呢？

我不行啊！我肖羊。朋友愛說笑。

還好，我屬豬！

原來你的好臉色就是扮豬吃老虎的結果啊！

這讓我不知道如何接腔，本來我像龍一樣盤踞四獸山的，虎、豹、獅、象，依次翻騰而過，後來縮減為從虎山再上山脊，然後沿著黃蟬園、經復興園下山。現在卻更簡略了，上了虎山就順著復興園下來。如此淺顯的虎山，如何會有虎子？

那你為什麼不再像龍一樣盤踞四獸山？做為朋友的你也跟著好奇。

這又回到：週休二日我真正的消遣，其實是思考台灣新詩學與美學如何建構的問題。這是一座大虎山。我總是匆匆從虎山下來又鑽進這座大虎山，艱險處處，驚喜無比。

雖然，至今，我仍然不知道哪一座虎山有著真正的虎子。我也不知道：得著虎子，又能如何？但是，明日、後日，我仍然會向虎山行哩！

溫柔地摳著你最嫩的肌膚

星期二的早上有一段小空檔，我用來為陽台上的花木澆水，照顧花木一直是我分內的工作，我喜歡看見生命欣欣向榮，最怕奄奄一息的倦容，人、動物、植物，都該這樣、這樣欣欣向榮。

澆水，不只是為花木補充水分，還要看看它們的花、葉、枝、莖的成長狀態，泥土的濕潤，受陽的情況。也許是今天的時間寬裕，發現小松樹的針葉上積累著厚厚的泥土，我將水量轉至最小，輕輕為每片樹葉摳掉泥土，讓水細細從上面沖刷，摳的時候不能太輕，太輕除不去泥土，因為泥土已經有著時間的重量；但也不能太重，太重會傷到樹葉的表層，甚至於危及樹葉的生存。這樣的溫柔，小松樹沒說什麼，只報以一小片一小片的翠綠。

後來，我突然發了一下呆：

誰能這樣溫柔除去時間留在我身上的重量？

誰能除去我心中積累已久的塵垢？

我胡亂又灑了一些水，雖然沒有陽光照著樹葉上的水珠，水珠仍然亮著自己。

人在台北不一定識得杜鵑

春天容易使人過敏，少女知道，貓知道，我的鼻子知道，一九五四年鄭愁予所寫的〈錯誤〉詩裡的「你」也知道。

可是生活現實中的你卻不一定知道。

因為春天，我的鼻子會莫名其妙流鼻水，打噴嚏，有一年花季，去到陽明山，連眼睛都腫痛，一直流淚，同行的朋友說：你怎麼這麼容易受感動？我說：大好河山啊……話還沒說完，又是鼻涕又是眼淚，我揮一揮手，沒再說。朋友又問：你又流眼淚了？我說：大塊文章啊……話還是無法說完，涕泗縱橫總是比思緒縱橫來得細密又快速！

有時，話，好像也不一定要說完人家才會領會。

用力擤，也是話。

今年春天，我又用力擤著獅子鼻代替說話，這時，我正走在大賣場後面的巷子，看見路邊一叢鮮豔的紅花：

這是什麼花？

九重葛吧？

這是台北市花，杜鵑。

我知道杜鵑是台北市花，台大杜鵑城，那就更多了！

可是，單獨一叢，你就不識得了！

——然而，轉念一想，識得又如何？識得杜鵑花也不一定識得古書裡的杜鵑、杜宇的魂魄、子規的啼喚啊！

不識得春天爛漫，我已經涕零不已了。

何處不是大學問？

我講過的最短的笑話，只有三個字，這三個字通常緊接在學生的問句之後：「老師，你十二生肖屬什麼？」

「我是豬。」說完這三個字，全班學生四十五名，沒有一個不大笑的，而且連平常耍酷的，寧願內傷也不笑的，這時卻堅持跟大家一樣笑足一分半鐘。

「我是豬」，這三個字有那麼好笑嗎？——如果是「我肖龍」呢？

不過，近十年我沒有機會再講這三個字，因為他們改問：「老師，你什麼星座？」

「你們對星座熟嗎？」「熟。」——但是他們對十二生肖不熟。

「你們對老師熟嗎？」「熟。」——但是他們對老師的文學生命不熟。

「憑你們對老師的認識，你們認為老師是什麼星座？」七嘴八舌猜了九座、十個，還沒有摸到屬於我的星座光圈。

「那老師你幾月生的？」

今年春天，我在明道大學聆聽黃永武先生的演講：「子丑寅卯學問大」，說的不是屬狗的人今年犯太歲，屬豬的人福份大，說的也不是天秤座的人一定長得好看，長得好看的人一定能夠堅持自己的理想。那是命理大師的吹噓。國學大師談的是我們熟悉的十二生肖其實就是西洋的十二星座，譬如金牛座所圍成的線條神似甲骨文的「丑」，那就是蹲伏的牛；獅子座的素描則是甲骨文的「辰」，西方的醒獅彷如東方的巨龍。

黃老師列出一個簡單的表格：牡羊—子，金牛—丑，雙子—寅，巨蟹—卯，獅子—辰，處女—巳，天秤—午，天蠍—未，射手—申，山羊—酉，水瓶—戌，雙魚—亥。表格雖簡單，其中學問之錯綜複雜，卻已教我目瞪口呆。黃老師還舉證：一九九三年，河北宣化下八里遼人二號墓墓頂，就有西洋星座及十二星座、二十八星宿對應圖。二〇〇一年八月，湖北江陵天星觀戰國中期的二號墓穴出土妙音鳥、蓮花豆，確證戰國時代印度佛教已經傳入中土。他甚至於還說，莊子書上說：「藐姑射（音一ㄝˋ）之山，有神人居焉。肌膚若冰雪，綽約若處子，不食五穀，吸風飲露，乘雲氣，御飛龍，而遊呼四海之外。其神凝，使物不疵癘而年穀熟。」（《莊子．逍遙遊》）藐姑射（音一ㄝˋ）之山，就是「妙高音」山相近的譯音詞。如果，如果真是這樣，哲學史可能需要改寫了！

當然，文學史也要改寫，因為他說，活了一百歲的蘇雪林教授（一九〇〇—一九九九）認為屈原作品中有舊約神話、印度神話，如〈九歌〉中的東君是太陽之神，雲中君是月亮之神，東皇太一是木星之神，戰神國殤是火星之神，湘君是土星之神，湘夫人是金星之神，河伯是水星之神……

那，那，肉粽會不會和漢堡也有一些親戚的關係？

蕭蕭的幽默和蕭伯納的機智，顯然有一些可以探討的機緣了？

這時，老師幾月生的？已經不重要了。

誰是那悟者？

芸芸眾生，我們能認識誰呢？能認識什麼樣的種子或發芽最適當的時機？或者更簡單一些，即使只是花卉或植物最通俗的名字？或許都有一種無力的感覺。廣庭大眾，我們只是卑怯在一個陰暗的小角落，不存在的一種存在。

隨俗，應該是生存最好的方式吧！就像你永遠不知道：為什麼鄰居有人懷有身孕，我們家也不可敲釘子？但是，自然就會有人告訴你：不可敲釘子。可能是溫和的方式，也可能是責備或斥喝的語氣。為什麼不可以？即使你反問，肯定也不會有答案，因為說話的人也只是芸芸眾生之一，另一個卑怯的存在，更早的一個隨俗的人。

更不用說大哉問的生死問題。

誰都可以侃侃而談：人死如燈滅——因為他們家沒有停電的困擾；人死了就像樹葉飄離樹身——因為他們家永遠生活在春夏之交。甚至於他們不說死，而說往生，往生何處？

極樂世界，上帝的身邊，他們說得那樣肯定，由不得你不信。或者他們會以另一種語言說：從來處來，往去處去，玄妙的哲學語言讓人在「來處來，去處去」來來去去，或者不來不去，終至於疲累睡去，暫時性的一種燈滅。甚至於他們還知道，人死了以後，八個小時之內大體不可移動，喪家會去問為什麼不可以移動嗎？不會，但為了增加權威，他們信誓旦旦說，這時人的三魂七魄正要脫離肉體，所以不能移動。

除了隨俗，面對生死問題我們又能如何？

封棺的那一剎那，是生死永隔最悲痛的時候。會不會這就是懷孕人家最不喜歡的聲音聯想？或者，懷孕人家只是單純地不該受到聲音驚嚇？

不知道不知道，真的不知道。芸芸眾生裡，我們幾乎都是不存在的一種存在。

真的不知道芸芸眾生裡誰才是智者？大千婆娑世界，悟者又在哪裡？

人，總是活在某個時空裡。我帶引一群正在或正要指導小朋友寫作的小老師練習造句，就利用「時間、空間、人間」三個詞尾相同的詞語，造出有意義的句子，因為時間、空間交錯處，就是人間情愛的舞台。

限時三分鐘之後，那悟者在眾多的句子中留下這麼一句：「阿嬤將人間的時間延續到另一個空間去。」

誰？這是誰寫的？那悟者就在芸芸眾生之中淡淡一笑。

飛鳥與百合

連連下了三個禮拜的雨，也就連連三個禮拜沒聽見鳥雀的叫聲，啁啾啁啾的鳥鳴好像不與淅瀝淅瀝的雨聲起共鳴。一直保持雀躍心情的短尾禽，這三個禮拜來，到底去了哪裡？那麼大的天空，可以懸掛千條萬條雨絲，卻不是他們所熟悉的白雲天，他們還有熟悉的屋頂嗎？真的是有一點記掛，記掛他們是否還保持雀躍的心情，在什麼樣的空間延續？也有那麼一點懷念，懷念那細細碎碎的吵雜，在誰的耳邊形成另一場記憶？

意外的這一天，天晴了，學生的MSN上說：「晴天，陽光蒸發了一切的不安。」天晴了，熟悉的鳥雀聲，一大早，又回來了！碎碎唸的吵雜，卻也是令人心安的吵雜，一大早，又回來了！

我是否白白擔了一些心？他們依然雀躍在小木屋前的草地上，小木屋前的草地上依然搖曳著幾朵紫色的小花，這幾朵紫色的小花會是雨前那幾朵隨風搖曳的紫色歡騰嗎？

你們看那天上的飛鳥，也不種，也不收，也不積蓄在倉裡，
你們的天父尚且養活牠。你們不比飛鳥貴重得多嗎？

這是〈馬太福音〉第六章的話，不是教我們不種、不收、不積蓄，而是告訴我們不要為生命憂慮吃什麼、喝什麼，不要為身體憂慮穿什麼？因為生命勝於飲食，身體勝於衣裳。我們要思考的是身體所負載的這個生命，應該如何去豐富她，使她圓滿無缺？〈馬太福音〉繼續以野地裡的百合為喻，百合也不勞苦，也不紡線，但是所羅門最榮華的時候所穿戴的，還不如這花一朵！連野地裡的草都有這樣的妝飾，何況是人呢？

這三個禮拜的霪雨一停，飛鳥依然飛進白雲天，紫色的小花依然搖曳在青草地，我想，那百合應該也在我們不熟悉的某個地方，吐露著清香。所以，「不要為明天憂慮，因為明天自有明天的憂慮。」

飛鳥與百合，不僅伸展她們的身影在經書裡，也在我們肉眼看得見或看不見的地方，伸展她們的英姿哩！——如果我們用心看，這一切其實是看得見的啊！

小葉欖仁的懶人哲學

認識小葉欖仁，是因為先聽說了大葉欖仁的傳說。

傳說中大葉欖仁的葉子可以治肝病。

台灣人被藥商教育成每個人都可能患有肝病，要不然也是B型肝炎帶原者，明明是彩色的世界，一下子也會暗沉為黑白的人生。所以，我當然緊張問朋友：哪裡有大葉欖仁？那裡的葉子會不會被摘光？

朋友笑說：要自然落下的葉子才有效。

這時我放心了，而且還會心一笑，我相信傳出這種說法的第一個人，應該是掃落葉的工人。只是我仍然好奇：大葉欖仁的懶人，真的是「懶惰的人」那兩個字嗎？朋友說：因為它的核果呈扁平橢圓形，就像橄欖，所以才叫欖仁樹。

朋友笑我：佛印的心中出現佛，懶人的心中出現懶。

我大笑，一方面是被說中了心事，一方面卻是放心大葉欖仁的葉子不會被摘得精光。

後來認識了小葉欖仁，發現小葉欖仁的果實還真的像橄欖仁，果皮含有鞣質，形成堅硬的外殼，即使在海水中也不腐爛，可以隨水、隨浪飄行各洲，是不是從種子開始，小葉欖仁就有著懶人的傾向？隨風滾落在近處，隨水、隨浪漂行到遠方？

小葉欖仁的樹枝側出輪生，跟大地一樣向四方八面成網狀平展，具有多層次的美感，其實這已經是模仿懶人伸懶腰的樣子了。這種網狀平展的姿勢，只要清風吹拂，枝葉就可以隨意款擺，接受陽光的撫觸，這種美是美人伸懶腰的美，微微細細，不動之動，小小的綠色漣漪盪在空中，一波未平，一波又起，恐怕只有唐朝女人的慵懶之美可以相比。

至於小葉欖仁的葉子，那更是完全嫺熟懶人哲學的一種呈現，春天冒出嫩芽，小小的，佈滿整棵樹的枝枒，小著自己的小，滿足於枇杷型的六公分世界。

秋天淒冷，小葉欖仁的葉子絕對不抵抗秋天的淒冷，絕對不堅持長青的調子，隨著天候，慵懶捲縮、萎黃。到了冬季，北風輕輕一掃，所有的葉子萎縮枯落，一片也不堅持，懶懶地先後投入大地母親溫暖的懷抱。

這就是小葉欖仁慵懶的一生，慵慵懶懶，不抵抗的哲學。

隨著風，伸個慵懶的腰，這美人卻有了萬種風情。

種籽也有發芽的夢

種籽，是生命的開始。

種籽會面臨什麼樣的命運，他自己本身無法掌握，蒲公英隨風遠走高飛，文珠蘭隨著海流漂游四方，鬼針草黏附褲腳隨人浪跡天涯……這一隨，會隨著風、隨著水、隨著未可知的或人飄搖到什麼樣的地方去，無法估量。

人的生命也是如此，人，不是寫好生命企畫書，選好自己的父母，約好自己的知交，挑好自己的學校，才來投胎。

但是，種籽是有夢的——

蘇國書曾說：「如果黯夜因為燈火而不孤單，思念由於淚水而更深遠，是否種籽有了發芽的夢就不寂寞？」——是的，種籽是有著發芽的夢的。是的，黯夜的燈火，使我們有著不孤單的感覺；思念的淚水，讓情更真，意更遠。而做為種籽，有著發芽的夢，就會想起芽的前身，屬於原生家庭的記憶和承諾；就會嚮往芽的未來，屬於自己的無限可能——怎麼會寂寞哩？

即使被關鎖在透明的瓶子裡（那瓶子像父母綿綿無盡的愛），即使被遺落在沙漠、寒原裡（那惡劣的地質像人生顛躓），種耔也要有發芽的夢，生命才會有期許，人生才會有期待。

生命的美與真，就是從我們心中那一粒夢的螢火開始發光的。

最近讀凌拂為少年寫的散文〈木棉樹的噴嚏〉，說「木棉樹一連打了好幾個噴嚏，就這幾個噴嚏一打，它知道一切再也不能等了，裂開的蒴果，乘著大風的翅膀，飛啊！飛啊！一片白茫茫的棉毛夾帶著黑褐色的種子，充滿了彈性，輕，而且軟。……直到最後一片棉毛飛盡，飛失在茫茫的看不見的盡頭。」彷彿可以看見生命的興奮與輕盈，生命的無限活力與無限可能。

種耔有了發芽的夢，生命就開始有了生機。

年少一定要清狂嗎？

年少不能不清狂，年少不清狂，枉為少年！大家都這樣說。

我們知道許多青少年朋友誤入歧途，常會自以為自己和同儕的所做所為，是在強調公平，以正義自許，其實也不過是賣弄幾塊開背肌，捉弄幾次落單的男女，耍弄幾個小小的詭計，而且是躲在人多勢眾的保護傘輻射線裡。一旦，保護傘沒了，自己落單了，即使是昂藏七尺之軀，所謂的虎背熊腰，在對方人多勢眾的吆喝下，一樣是應聲而跪！

因為：少年，只是脆弱的生命，那些吆喝，不過是虛張的聲勢啊！

前兩天讀雷驤的〈少年〉一文，看他描繪他十四、五歲的清狂，往往如是，而他的覺醒正是來自「生命脆弱」的覺醒，自己的長兄忽然撒手故去，他隨著運柩車經過自己時常佇停、逡巡的街口：「我猛然睇見那夥人如常的在那裡聚集，風吹來他們的嬉笑聲，似乎正尋著什麼神奇的快樂。我抽起扶棺的手；遮掩自己的臉，就在一瞬間，彷彿忽然看到日常的自己的身影，混跡在他們中間，感到前所不覺的羞恥。」生命何等脆弱，生與死就那麼一線之隔，就在自己經常佇停嬉戲的街口。

真正面對死亡時，才發現生命不可清擲！

年少不能不清狂，但是，年少如果一直清狂，更是枉為少年！

問題或許就在真正年少清狂時，不能相信生命脆弱如許。

不殺價的瀟灑與樂趣

很多人去到觀光景點，特別是中國、印度、尼泊爾這些國家，總會有一群小朋友圍聚著、纏著、繞著，兜售小東西，驅之不易，往往壞了遊興。更糟的是，有些地區還會出現糾纏不停的小乞丐，聽說善門不可輕易開啟，給了其中一個，那煩人的隊伍就會像揮之不去的蒼蠅蚊蚋，嗡嗡不已，連行走都成問題，更不要提漫步、觀賞、聊天、聯誼。

這時，大部分的人會硬起心腸，關起善門，不搭，不理。

其實，這些小孩，十四、五歲的年紀，不過是為了生活，才這樣黏著人不放，除了這樣，他們還會有什麼生計呢？

「一塊破石頭，也要二十個盧比？」觀光客總要三折、五折地殺價，他們說：殺價，是一種樂趣。然而，有誰想過：一塊石頭，到底多少錢才是合理的價格？一朵花，或者一朵雲呢？它們都是大自然的一部分啊，誰來鑑價？

換個位置想想看，如果我們是那栽花種果的人，是那兜售的人呢？或者想想一瓶香水上千上萬，它的本錢又是多少？貴夫人幾曾殺過價？何獨對一塊石頭、一斤芭樂、一個年少的兜售者斤斤計較起來？

有一次開車經過八卦山山腳路，看見路旁賣龍眼的，我問她一斤多少錢？她說：四斤一百元，我說我買兩百元，包成兩包。純樸的農婦一面包龍眼，一面說：你不還價啊？我笑一笑：我們家也種龍眼啊！真的，我們家的果園距離我買龍眼的地方不到兩公里，小時候跟爸爸採收龍眼的談笑聲彷彿還可以聽聞。

不殺價，應該有不殺價的瀟灑與樂趣吧！

2009.8.4.

突然彈出的生命影像

電腦是仿照人腦設計的記憶體，可惜，我們一般人不甚了解人腦的神祕結構與奇異功能，因此要以人腦來理解電腦，似乎弄錯了方向。

反過來，以電腦來認識自己的頭腦，或許還方便些，因為我們每天與電腦廝磨的時間總要幾個小時。譬如說，人腦的記憶力到底可以強韌到什麼程度，可以廣闊、豐富到什麼樣的狀態？有一些十年、二十年前的記憶，已經沉溺到深海的某個小海溝，常常只因為一個淡淡的芬芳，或是一個熟悉的音色呼喚，浪潮一般又翻滾在我們的腦海裡，喧嘩在我們的眼前。彷彿電腦裡長年被忽略的檔案，當它被擊點，依舊清新如昔。

觀賞奚淞所繪製的記憶中的麵攤小工，生命憨厚的本質完全在他筆端流露。那是他小時候吃麵的那當兒，絕對沒想到要在腦海裡留下記憶的人，卻在多少年後，完全不相干的時空，帶著全然的天真、新鮮與好奇，殷切又關注的，跳出記憶望著他。

電腦靠著滑鼠點擊，叫出記憶，不點不醒。
人腦呢？靠著什麼喚醒深海裡久無聲息的悸動？
奚淞記憶中的麵攤小工，其實是一個弱智的人，卻永遠帶著一份奇異而凝滯的微笑，「他的動作顯得誇張、熱心過度。端一落碗，搖晃著矮小的身軀，把洗淨的碗送到老闆身邊。然後他便呆立在一邊，兩手滴水，好像觀看什麼新鮮事物一樣，兩眼灼灼，瞪著攤邊吃麵的人。」一個缺少靈智閃爍，生命可能淪入慘苦的人，臉上卻漾著單純、無邪的笑。
有沒有發現這才是真正的生命，單純、踏實而無邪。那些深奧的理論，刻板的教條，在這樣一張憨厚的臉之前，顯得有些滑稽。這樣一張憨厚的臉，會從有感情的人腦中，活生生自動跳出來，這或許是電腦所無能為力的吧！
無邪的一張臉，無邪的一顆心，才是生命裡最深刻、最動人的記憶，會在你不經意的時節，彈跳出來微笑著！

再度夕陽紅

最初，它只是一團火，而且沒有人認識它、認識它從何處來、為何而來、要到何處去，因為還沒有人能在火之中、或火之上生存，更不用說進入火的內裡認識火的定義。至於「火中鑄雪」等等，那是沒有人知悉的白堊紀以前的神話。

說它是一團火，彷彿它有著一定的形狀，可以描繪，可以捕捉，甚至於有著某種可能的功能。說它是一團火，彷彿某地還有其他的一團火，或者另一團火，又另一團火。這種說詞，倒也不必排除。只是，「團」不是一種有效的量詞，一團火加一團火，沒有人會說那是兩團火。即使是兩團火，也不一定會比一團火來得高明，或不高明。

水，有形狀嗎？隨著不同的環境如溪、如谷，不同的容器如瓶、如罐，水有了不同的形狀，那是永遠不相類似，不可能統一的水的形狀。那一團火，也是。

或者，更甚。因為火沒有火的環境，火沒有火的容器，就像鳥只能豢養在天空；所

2009.6.20.

以，那一團火的形狀無法拍攝，無法說解，最無法的是拘囿、塑造、拿捏。火，不許你親近。它在空中，不許你養它如養一隻小麻雀；它在木炭裡，不許你輕蔑它如輕蔑風花雪月。

一顆種子，不可能永遠只是一顆種子。一團火，也是。

一顆種子需要一大塊泥土，許多歲月。一團火，卻是不可馴服的未穿鼻孔的牛，沒有人知道鞭子或呵護對它有多少意義，沒有人知道什麼時候它跨了位、越了界，卻仍然只是一團火。

過了許多歲月，仍然只是一團火。

給它冰雪，加以撩撥；給它軌道，容許出軌。

那一團火，就不只是一團火。

不必馴服它，讓它去燃燒西天的雲彩吧！一次又一次地燃燒。

那一團火，早已不是一團火。

擬人的花草植物

看過文人畫家畫的文人畫，乾硬的陸地佔有畫紙的五分之二，上面長一棵挺拔的樹，其餘五分之三的畫紙則是汪汪一片水藍，飄著一隻疲累的木船。

那木船疲累的說：好想恢復為一棵樹，只要站著，陽光會來照臨，雨水會來滋潤，禽鳥會來吱吱喳喳，說一些天涯的八卦，藍天則是什麼也不說，深情的眼深深凝注著看，彷彿全心的愛悄悄透露。

——只要站著，那就是生命的全部，生命的完成。

那樹卻以欣羨的眼光望著船：好想成為一條船喔！五湖、四海，總有遊不完的逍遙遊，微風、海鳥，總有說不完的新鮮事，島嶼、海灣，總有賞不完的風情畫。想轉彎的時候可以小小一轉，想波動的時候可以逐浪隨波，想怎麼動就怎麼動。

——能動，才是生命啊！

樹是對的，還是船呢？

作為靜靜一旁觀賞畫境的人，不免陷入沉思。

這種沉思，是我面對擬人化的植物時，常常不自覺深陷其中而無法自拔的。小的時候喜歡蹲在含羞草旁邊，輕輕拂觸她的葉片，看她迅速斂容的一副嬌羞模樣，就像自己怯於面見生人的那份窘態，我常想：她在害什麼羞呢？我在擔什麼心呢？我所害怕的也是她所擔憂的嗎？

長大以後在淡水河邊，看著水筆仔，一樣發呆，她們是將孩子養成為小小的成嬰，才將他們輕輕放入海水、淡水交會的地方，任其生長。她們不像其他的樹以花、以果、以種子，隨風、隨水、隨人去漂撒，那會是怎樣的一種母性呢？

含羞的樹

詩人是擅長擬人書寫的，譬喻、借代、轉化等等，無一不是。

有一次去高雄中山大學拜訪詩人余光中，趁他還在午休，我們先在校園閒逛，遇到兩棵樹也在張望，樹圍需要兩三人牽手才能合抱，樹皮黯黑、龜裂，好像老農夫的腳踝，頭狀花序在枝端腋出，花絲細長，粉紅色彩展放為球狀的粉撲。整棵樹就像一個上了年紀的男人，襟上插著一朵又一朵的紅花，他在慶賀著什麼呢？那種喜孜孜的樣子，那種喜洋洋的神氣，讓我呆望著！

同行的朋友說：這是雨豆樹，含羞草科。

我又愣住了：這麼大的樹跟含羞草一樣是含羞草科？

朋友也愣了一下：老男人不可以有羞怯的時候嗎？

這時，老男人的我真的羞怯了起來！

含羞草，草本植物，高約二十公分；雨豆樹，落葉喬木，高可二十公尺。

含羞草，葉片被輕觸時，葉枕會放出水分而使葉片下垂；雨豆樹，快下雨時，因為水分充足葉托會有輕折的現象，仿若葉片閉合。

含羞草，往往躲在綠蔭裡；雨豆樹，形成大樹蔭讓人乘涼。

她與他，有著這樣的不同，卻一樣開著粉撲狀的頭狀花序，一樣有著羞怯的本質。這不像六十年來我仍怯於啟齒，不敢上台說一些場面話嗎？

原來，我也是含羞草科的植物，水來，我就順服，如雨豆的葉子。

至於詩人余光中，會是一棵什麼樣的喬木，挺立在台灣的詩史中，在那一次的訪問裡，我卻忘了加以類比，雨豆似的人啊！

花是芬芳在大地上的詩（一）

人是世界上最靈秀的動物，會選擇植物界最璀璨的花、礦物界最晶瑩的玉來形容自己，所謂「如花似玉」，不論聽在誰的耳朵裡都有一種說不上來的愉悅感。以植物的各個器官來看，根、莖、葉、花、果，組合成植物完整的生命，但是十六歲青春年華，不會希望人家形容他：你美得像一片翠綠的葉子；即使是四十歲的女性，仍然奢求大家稱美她：女人四十「一枝花」。

花是植物將他最美的部分毫不隱藏地呈供給世界的美麗結晶，一如文學裡的詩，是創作世界最精緻的藝術。如果我們模仿張愛玲的名句：「蝴蝶是會飛的花，花是不會飛的蝴蝶」，將花與詩結合，可以說：

詩是綻開在內心深處的花，需要仔細諦聽；

花是芬芳在大地四週的詩，值得適時讚賞。

青春十六歲的年紀，期望別人讚美她：美得像一首詩。應該不會有人期望別人說他：活得好像一篇散文。當然，人的一生如果能夠豐富得像一部精彩的小說，未嘗不是令人讚羨的事情；不過，這時如果改口說「人生豐富得就像是一首詩」，一樣令人欣喜、興奮吧！詩與花，顯然是人間至真至美的象徵。

花是芬芳在大地上的詩（二）

六度波羅蜜是佛教大乘菩薩道修行法門中重要的方法，我曾研讀星雲大師開示的文字，他說：花，也具有六度波羅蜜的精神，這意思彷佛在說，花跟人一樣具有佛性。萬物都有佛性的說法，很適合文學中的轉化、譬喻，將天心、人心、物心作了映照，處處可以照見自己。因此，我們要認識「六度波羅蜜」到底是什麼？——原來這是修行人日日掛在心上的：布施、持戒、忍辱、精進、禪定、般若。修行的人要布施，協助他人；要精進，增強自己；要禪定，認識本性；這些都是我們所能理解的。但是，花也要布施、持戒、忍辱嗎？也能精進、禪定、獲得智慧嗎？

這真是有趣的事，我們仔細想想，花是以最美麗的容顏展示在世界之前，具有萬紫千紅的繽紛之色，又有濃淡宜人的芬芳之香，任何人接到別人獻上的一束鮮花，無不喜孜孜地笑逐顏開，任何人看到百花盛開的景觀，無不心曠神怡，這就是花的布施，布施永遠為別人帶來喜樂，解決別人的災厄，所有的花，大朵的、小朵的，香的、不香的，豔的、不豔的，都在布施這種喜樂。小時候我們在八卦山腳下的農田工作、嬉戲，歲末的田野上整整一大片都是油菜花，迤邐到天邊，溢滿在我們從未去過的遠方，我們盡情在這樣的大塊花田中奔馳、呼叫，這樣的記憶成為我們一輩子最大的美學感動，這是花——植物界的精華所布施給我們的，我們珍藏著，而且還可以在歲末的台灣農田一小塊一小塊地複習，重溫童年的喜樂。

席慕蓉的名詩〈一棵開花的樹〉，說的就是一個女子要在自己最心儀的男人面前展現自己最美的一面，所以佛將她化成一棵花樹，這樣說來，能夠展現自己最美的一面、最善的一面，也是人世間很好的一種布施，因此，如果臉上時時漾著一朵微笑，豈不是就像一棵開花的樹，隨時在布施？

花是芬芳在大地上的詩（三）

花會布施，人會微笑，我們大體上可以體認，但是，花會持戒嗎？她會持守什麼樣的戒律？三月的時候杜鵑開，八月的時候桂花香，這樣信守花期，其實就是持守戒律啊！花總是開在一定的時節裡，時節一對，花神準時來報到，二十四番花信從不錯亂，這樣的大自然戒律，花卉一直信守。這幾年因為溫室效應，大自然的秩序受到傷害，連我們家的鳳凰花也因氣溫高昇去年五月、九月兩度開花，讓人啞然失笑。人類肆意破壞生態，花卉的時序感因而混淆，但是她仍然信守什麼樣的溫度張開什麼樣的花蕾。

好在花卉信守時間的戒律，也信守空間的戒律，寒帶的花顯然不容易開在溫熱帶，枝頭綻放的花顯然不會旁生枝節，而且不論怎樣怒放，不會侵犯別人、干擾別人的美麗。我們能像花一樣，遵守大自然的戒律，維護自己的健康嗎？我們能像花一樣，遵守人類世界的規律，維護自己的平安嗎？

花會持戒，人會守法嗎？這真是一個有趣的對比。

至於忍辱，人需要忍受人世間許多艱苦挫折，譬如生存環境的困厄，事業發展的難關，別人無理的羞辱，花也需要忍辱嗎？

有時我們會羨慕鳥在空中飛多麼逍遙，魚在水中游多麼自在，我們從來沒想到空中的窮風惡雨、隨時出沒的大老鷹，從來沒想到水裡的巨浪狂濤、不時出現的大白鯊。當然，我們從來也沒為花想過，花要經歷什麼樣的困辱才能展現她的幽雅或香豔。花未開之前，是一顆深埋在黑泥暗土的種子，黑泥暗土之下要忍受的豈僅是不見天日的黑暗而已，潮濕、霉氣、孤獨、惡臭，相互侵襲而來，如何抵擋？好不容易破土而出，爆芽而長，蟲鳥蜂蝶的侵擾，風雨霜雪的欺壓，那又是一段苦難無法估量啊！花，如果不能忍辱，又怎能綻放自己生命中的極美，散播異香？

二〇〇九年八月八日

花是芬芳在大地上的詩（四）

花努力綻放極美，散播異香，其實就是花的精進，不論開花時日是長是短，也不管花蕊是否最能招引蜂蝶，努力保持最好的狀態，花的生存意義就具備了。一過了花期，花很快枯萎，因為花瓣都極薄、極嫩，這種速朽的觀念是為了「化做春泥更護花」，是為了未來的種子、繼起的生命在做準備。

花開、花謝，花一直處在精進的狀態中，花開開得美，花謝謝得快，花，不曾一時半刻容許自己怠懈。

至於禪定和般若，星雲大師認為「花，靜靜地開放，表現出寧靜、祥和、安忍的氣質，這就是禪定的境界。」「花有各種顏色、大小、香味，千變萬化，奇妙不已，花的世界就像人的世

界，蘊含無限的智慧。」

花，真的具足了六度波羅蜜的修行精神，這讓我們想起許慎說的玉有五德：玉的色澤美麗、質地溫潤，這是仁的表現；表裡一致，從外在的紋路可以瞭解內在，這是義的表現；敲擊時聲音舒暢悅耳，可以遠傳，這是智的表現；寧可被折斷也不屈撓，這是勇的表現；可以磨製得有稜有角，方方正正，卻不會割傷人，這是絜的表現。

所以，如果有人以「如花似玉」稱美你，他所讚賞的不只是外表而已，還包括了內在品德的芬芳哩！

駐足

作為一個旅者，哪裡才是你要駐足的地方？
一個開闊向人間的山間向陽平台？還是與一棵百年老樹虯結不清的巨岩？
或者是人工鑿成的溝渠，縱橫在尋常的巷陌裡？
也許只是一個小孩無辜的淚顏。
一個童稚的微笑。

有一次，與一群詩人去到黃山近郊的西遞，凡常而蜿蜒的小徑，總會出其不意地座落著一戶大宅院，傍著許多尋常人家，一缸一缸的水冷成一缸一缸的鏡，一幅一幅的字從不辯論正體是用來認識而簡體應該用來書寫，它們都在它們該在的地方，彷彿多少年來就該在那個地方。而我，靜靜選了一個可以喘息的牆角，沒有人來搭訕或質問，彷彿牆角就應該有一塊不言的石頭。

很多詩人穿堂越巷回來了，彷彿穿越了時間隧道，嘴角留著一抹笑意。他們都說，從自己的童年笑聲中回來了。

我知道，這是張默的安徽，隨時會跑出一個大聲朗讀〈滕王閣序〉裡「落霞與孤鶩齊飛，秋水共長天一色」的孩童。

我知道，這樣的場域其實也有詩人是從閩南的三合院中走出來的，他不跑，也不笑，因為他想到的是：「閣中帝子今何在？檻外長江空自流。」

這個他，是剛才的我。

現在的我，仍然是牆角那塊不言的石頭。

我們駐足了，駐足在我們想駐足的地方。

一塊石頭選擇了山腳，有時牆角；一朵雲選擇了山坳，有時是多彩的西天；一個旅人選擇了可以讓腳抬高的欄杆，另一個旅者選擇了絕對遠離欄杆的L型的牆角。

我們駐足了，駐足在一個我們可以回去的牆角。

或者像縮著一隻腳的白鷺鷥，我們駐足在隨時可以出發的所在。

巷閭間的聖賢

去到安徽的西遞，一群獨缺安徽籍的詩人又被帶到安徽的宏村。

這就是旅遊。

你能不去嗎？一個旅者，永遠要抱持著這樣的心：向未知探問驚喜。

即使是一個自己已經去過幾次的地方，也要向那已知的地方探問時間的腳跡。向時間探問腳跡，就是向未知探問驚喜。

你能不去嗎？安徽黟縣的宏村，聯合國教科文組織已經將它列為世界文化遺產名錄的古村落。導遊這樣介紹。

導遊這樣介紹，驚喜，卻要自己發現。

——這才是真正懂得人生如旅的旅者。

還未進入宏村，就看見一汪靜靜的水流裹覆著這汪姓村落，那種感覺彷彿羊水所溫潤著的生命，不必睜眼，卻是永遠的寧謐、安詳。何況導遊又指著進入村莊的粗壯拱橋，說那是牛的腿，《臥龍藏虎》電影裡李慕白曾經牽馬慢慢行過，就在那垂柳掩映之間。是的，就在那垂柳掩映之間，水裡的倒影似乎說著許多時間的故事。

李慕白牽著馬，我們牽著時間，慢慢踱進另一個空間。導遊說，我們要沿著牛的小腸進入牛型村落。依序循著潺潺的水流聲，聽著潺潺的水流聲，我們彷彿真的就在牛的小腸裡。

迴腸九轉，轉過來是安徽口音，轉過去是西遞的磚瓦灰牆。

九轉迴腸，轉過來是尋常巷陌，轉過去又遇到舊時王謝堂前燕所到過的百姓家。

我漫不經心地走著、看著。漫不經心地聽到前面的詩人漫不經心的說：跟西遞相比，還不是大同小異？

那時，牛腸的水流聲一樣響著，我們仍在潺潺的水流聲邊邊。

就在那潺潺的水流聲邊邊，一個錯肩而過的老婦人漫應著：「就是要看那一點小異啊！」

我回頭探尋，潺潺水聲裡已不見那巷閭間的聖賢。

即使沒看見宏村全牛，我卻像牛一樣反芻著，一直反芻那一瞬間的驚喜。

黃山歸來

我從黃山回來了，很多人講這句話時，都有一種驕傲的語氣或得意的臉色。

「我從黃山回來了」，這句話裡的「我」是真的我，是二月去黃山，直到六月十六日的今天才寫這篇文章的我。

選擇六月十六日，有什麼特殊嗎？

還真有哩！這天是黃山的生日。

黃山不黃，原來是一座「黑很多」的山，大家叫它「黟山」，看看墨綠色的古松，處處都有，不就是一簇一簇的黑嗎？「黟山」之名，十分寫實，但是大家喜歡那一簇一簇的古松，卻不喜歡說是一簇一簇的黑。後來傳說中華民族的始祖黃帝軒轅氏曾在這裡修煉升天，唐玄宗天寶六年（七四七）六月十六日改名為黃山，還勞煩皇帝欽定這天為黃山生日。黃山從此有了生日，卻比實際的生日晚了幾千萬年。還真有趣：黃帝早成仙了，卻在唐朝才發現是在黃山登上仙境；黃山早就在那裡了，卻真有人在六月十六日寫文章說起生日的事。

黃山歸來，學會許多佳妙的句子。譬如說大家都知道黃山共有三十六大峰、三十六小峰，但其中最有名的是蓮花峰、光明頂與天都峰，稱為黃山三大主峰。我不好奇為什麼是「三十六」，而不是「三十八」、「三十九」或「四十」，但我喜歡這樣的說法：「登上蓮花峰，黃山在手中。」「不到光明頂，不見黃山景。」「不上天都峰，等於一場空。」三峰鼎立，構成黃山美景的主結構；三言鬥勝，卻也為登上峰頂的旅者帶來不同的自信。

因此，奇松林立，蒼勁多姿，頗有自信的「始信峰」，當然也不落人後，說是「不到始信峰，不見黃山松。」松，是黃山三奇之首，佳妙的句子中有這麼一說，說黃山「無山不峰，無峰不石，無石不松，無松不奇。」說的不也是奇松、怪石而已。前面所提三大主峰的三句佳句，各有語法；如果將另外三句羅列在一起，卻另有類疊、排比、協韻的整齊美：

「不到光明頂，不見黃山景。」
「不到始信峰，不見黃山松。」
「不到獅子峰，不見黃山蹤。」

最是佳妙的句子，要屬明代大旅行家徐霞客所說的「薄海內外，無如徽之黃山；登黃山，天下無山。觀止矣！」這種氣魄，值得書法家大書特書而後刻在大石塊上。從此，「五嶽歸來不看山，黃山歸來不看嶽」成為大家的信念。

黃山歸來，我又去爬我所熟悉的四獸山、八卦山，說不定哪一天我也會創造出「不上虎山頂，不知體力行不行」，「不上九五峰，不知心情鬆不鬆」這樣貼心的家常話。

黃山歸來，真的不看嶽，我去爬家常的四獸山、八卦山，讓體力更行，心情更輕鬆。

又見一炊煙

對於「又見一炊煙」有印象，是因為在新社鄉盤旋的山路邊，路旁指示牌上書法家特殊的筆勢。這五個字的造形與結構，有一點拙，有一點醜，甚至於有一點缺漏，所以才在眼中留下印象，每一個字彷彿都有煙在昇騰，卻更像是因為有些濕意而昇騰不起來的煙。或者，再白一點，那幾乎是幾根粗細不一的黑炭。因為這樣，才想彎進去看看。

印刷體的字沒個性，這是大家都知道的事。但是大家疏於注意，有些書法家寫得非常漂亮的字，也是沒有個性的。你的字好漂亮喔！聽到這樣的話，對書法家或藝術家而言，那不一定是好受的事。

對一位有自覺的藝術家而言，「你的字好漂亮喔！」肯定不是恭維的話。

因此，我在想：有一點拙、有一點醜、又有一點缺漏的字，會不會引領我們進入一個有一點拙、有一點醜、又有一點缺漏的庭園？

門口密集的細緻草葉，其實跟「又見一炊煙」的書法一樣，具有一種隔絕——與世俗隔絕——但不是與世隔絕的作用。真的不知道在那細緻的草壁之後、在那不定時噴散水煙之後，會是一個什麼樣的世界？

走上一層又一層不規則的石階，一座土造的竈，一個鐵製的鍋，一管可以昇煙的囪，如此落實的logo就座落在眼前，落實地呼應著「又見一炊煙」，喚醒如煙消散的村落記憶。當然，這是非常不現實的現實，現實裡依然沒有因火而成的煙，只有四處飄散的水氣模擬著「煙」的飄渺，模擬著人間俗世的煙塵，同時卻也著意隔絕了人間俗世的煙塵。

居高可以遠眺，幾乎是所有好風景必備的要件，新社鄉以中部陽明山為號召，當然具足這個條件。除了高居台中市鎮之上，眺望群峰之外，「又見一炊煙」特殊的主意象卻是與主建築等長等寬的一方水鏡，溽暑或者寒冬，這方水鏡彷彿可以收攝張揚的心旌，坐在水鏡近旁，或水鏡上方，似乎容易沉澱自己、定靜自己，此時最宜讓自己的心與身如意盤坐，冥想、或者不想，對話、或者不語。

水鏡的深度不過十公分，卻讓抗拒地心引力的相思樹有了自己的倒影。

水鏡只泛漣漪，不起波浪，卻讓一座日式木屋在色與空之間虛實難辨。

那一方實實在在的水，虛化實境；那幾縷不是炊煙的水氣，造就虛境。我們，還有我們的人生，就是這晃漾的鏡中的花、水中的月啊！

鼓山頑石

鼓是打擊樂器，山是兩大板塊擠壓出來的另類大地。鼓山是如鼓之山，彷佛自古以來就準備承受千斤重的打擊。

頑是愚頓不知變通，不易感化；石的特性，幾幾乎與頑相近。頑石，除非是相異聯想，否則如何與《紅樓夢》細膩的情牽夢縈相繫？

鼓山頑石，這四個字連在一起，可能像鉛一樣的重，壓著大地；壓在大地上還好，壓在心上呢？

鼓山是田中森林公園的主山，我在彰化工作時爬的就是這座山，斗中路連接中南路時，往東遠望，可以看見山頭平整一片如鼓面，受到鼓山這兩個字的暗示，每次我都會想：誰會來敲這面綠色的鼓？會敲出什麼樣的音響？我們俗庸眾生只是鼓面下匆促忙碌的小黑點，能聽到這樣的鼓聲嗎？

三十二年前，我有五年的歲月是在鼓山的懷抱中，那時就試圖聆聽天外傳來的鼓聲，有時獨自一人，有時帶著學生，甚至於深夜時還留在學校五樓的閣樓裡。

——天外的鼓聲會是什麼樣的音色、什麼樣的節奏？

鼓山下、鼓山旁，或者鼓山之中，盈耳的一直是不盡的風聲與蟬鳴，如水流不斷，呼應著心中的雜音如鼓一樣通通而響。

最近的五年，我仍然時常回到鼓山裡，盈耳的仍然是不盡的風聲與蟬鳴。應該像鼓面一樣平整的山頂，當然不會出現在視野裡。在某種距離下，我們都只是整齊的格子中不整齊的通通鼓聲，有時有人發現我們的存在，有時有人發現我們的不存在，大部分的時間我們是不會被發現、不會被聽見，幾乎不存在的喘息或輕噫。

一塊頑石。比起可能擊打出鼓聲的鼓山，我，或者我們，只是一塊頑石而已，多少年來，座落在不起眼的山間，靜靜看著山色、天色，想著心中、耳中那不盡的風聲與蟬鳴，何時歇止？

想著想著，那不盡的風聲與蟬鳴，其實幾幾乎早已化成身上的筋脈、紋理，無法尋辨。

鼓山的鼓聲，是不是也以這樣的方式，海浪一樣的方式，鼓著、盪著，在不一樣的林間碰觸不一樣的草葉、樹尖，以及頑石、一無所有的空谷。我們一直都在自己創發出來的聲音中辨識聲音？

所以，眾人不把鼓山頑石壓在心上，不把鼓山頑石放在心上，風或者天外傳來的鼓聲，才能那樣輕盈、自在。

尾曲　盡乾坤是個眼

「盡乾坤是個眼」，這是雪峰義存禪師說的。

他要問的是：「你向什麼地方蹲著？」

有一個小和尚不識得蘇州西山和尚為什麼每次請示他什麼是「祖師西來意」他僅舉起拂塵示意，轉而向雪峰義存禪師學禪，雪峰義存禪師只是淡淡跟他對話：

「見過世間的男女、路邊的花草嗎？」

「見過，任誰都見過。」

「他們跟你開過口、說過話嗎？」

「沒開過口、沒說過話。」

「你見過世間的男女，他們沒說話，你就知道是男是女。你見過路邊的花草，他們沒開口，你也知道是花是草。為什麼你見到西山和尚舉拂塵示意，卻不識得其中的佛法呢？」

這是大一時「禪宗概要」課堂上南懷瑾老師說的公案，我深深記得老師豎起一根食指代替拂塵，舉在鼻端前，臉上有著淺淺淡淡的笑容。就在那當下，我想起孔老夫子說的：「天何言哉？」「天何言哉？」天，什麼也沒說呀！四時行焉，春夏秋冬照樣運行，百物生焉，飛鳥百合照樣伸展她們的英姿，老天幾曾說過話？我屈著食指掩著鼻子，沉思，老天到底說了些什麼，心底慢慢漾起一朵微笑。

當形形色色換成聲聲息息，一定有人聽得出管管老哥山東新腔裡的禪即生活，是不是也有人聽得出台灣小調裡的生活即禪的微弱信息？這時會有人在心底慢慢漾起一朵微笑嗎？

山東新腔，台灣小調，小品文，小品畫，「盡乾坤是個眼」，這時你會問自己「你向什麼地方蹲著」嗎？

寫於蠡澤湖畔

九歌文庫　1048

管簫二重奏

禪意畫情

著　　者：管　管、蕭　蕭
繪　　者：管　管、蕭　蕭
責任編輯：鍾欣純
發 行 人：蔡文甫
發 行 所：九歌出版社有限公司
台北市八德路3段12巷57弄40號
電　話／02-25776564・傳眞／02-25789205
郵政劃撥／0112295-1
九歌文學網：www.chiuko.com.tw
登 記 證：行政院新聞局局版台業字第1738號
法律顧問：龍躍天律師・蕭雄淋律師・董安丹律師
初　　版：2009（民國98）年10月10日

定　價：200元

ISBN：978-957-444-629-2　　Printed in Taiwan
書　號：F1048　（缺頁、破損或裝訂錯誤，請寄回本公司更換）

國家圖書館出版品預行編目資料

管簫二重奏／管管，蕭蕭文、圖．
　一 初版．一 臺北市：九歌，民98.10
　面；　公分．一（九歌文庫；1048）
ISBN 978-957-444-629-2（平裝）

855　　98016080